# 茉莉花官吏伝（まつりかかんりでん） 九

## 虎穴に入らずんば同盟を得ず

石田リンネ

ビーズログ文庫

イラスト／Izumi

# 目次

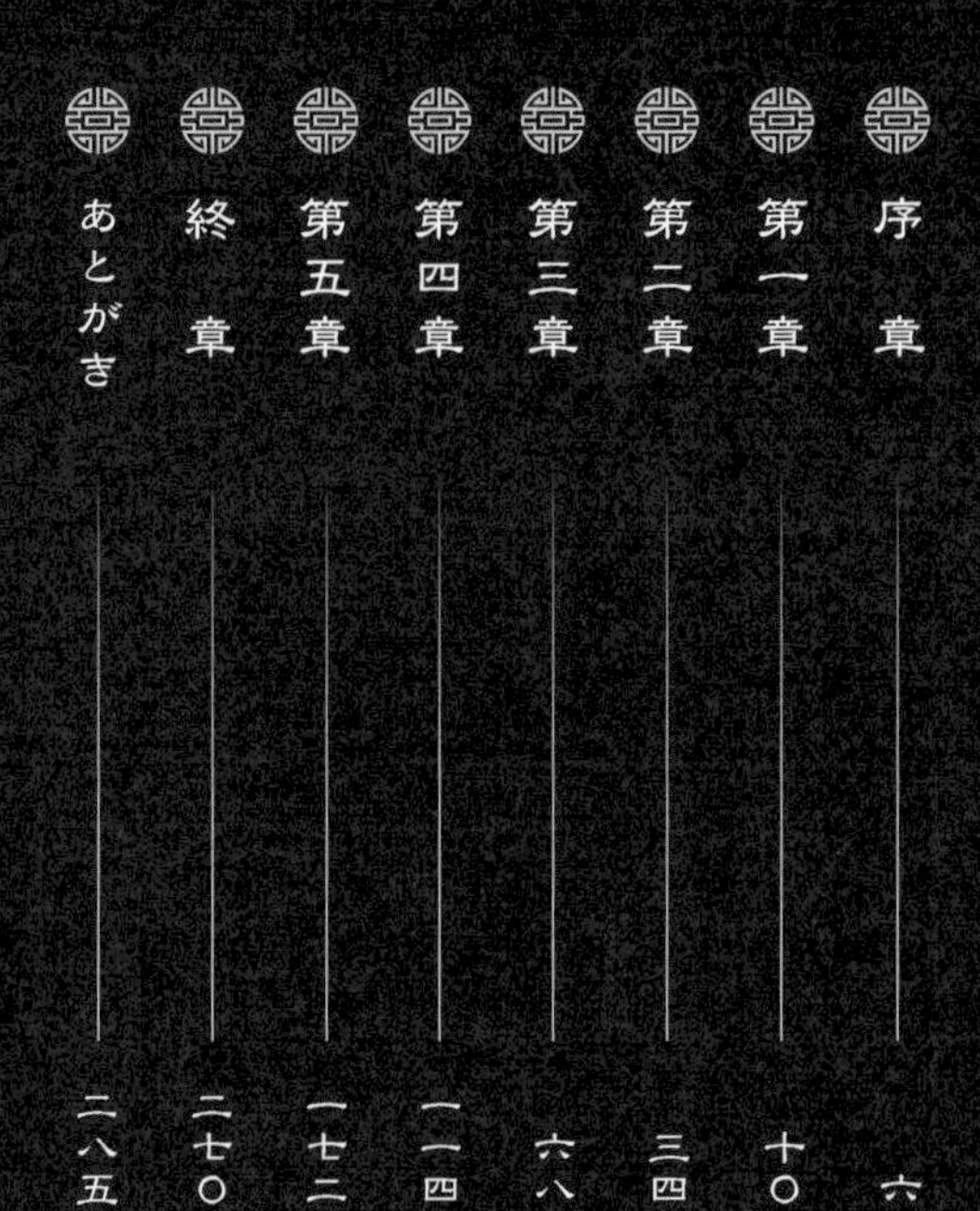

ラーナシュ
叉羅国の司祭、
ヴァルマ家の当主。
珀陽
白楼国の
若き有能な皇帝。
晧茉莉花
「物覚えがいい」という
特技を持つ。
茉莉花官吏伝 九
——虎穴に入らずんば同盟を得ず
登場人物紹介

**芳子星**

珀陽の側近で文官。科挙試験で主席となる状元合格をした天才。

**黎天河**

珀陽の側近で武官。名家の武人一族の出身。

**鉦春雪**

茉莉花と同期の新米文官。毒舌だが、世話焼き体質。

**封大虎**

御史台に所属する珀陽の異母弟。本名は冬虎。

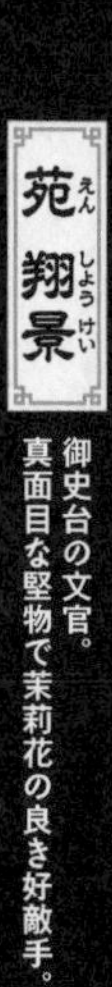

**苑翔景**

御史台の文官。真面目な堅物で茉莉花の良き好敵手。

**シヴァン**

叉羅国の司祭、アクヒット家の当主。

# 序章

かつて大陸の東側に、天庚国という大きな国があった。

あるとき、天庚国は大陸内の覇権争いという渦に呑みこまれ、四つに分裂する形で消滅した。

この四つに分裂した国のうち、北に位置するのが黒槐国、東に位置するのが采青国、西に位置するのが白楼国、南に位置するのが赤奏国である。

四カ国は、ときに争い、ときに同盟を結び、未だ落ち着くことはなかった。

白楼国には、晧茉莉花という若き女性文官がいる。

彼女は貧しい商人の娘だったので、家を助けるために裕福な屋敷へ行儀見習いに行ったあと、そのまま下働きになる予定だった。

しかし、行儀作法の教師に「後宮の下働きである宮女の試験を受けてみないか」と勧められ、受けに行ってみたところ、とんでもない倍率の試験に合格するという奇跡を起こしたのだ。

――『晧茉莉花の立身出世物語』の始まりは、宮女試験の合格である。

次の大きな出来事は、宮女として働き始めてから一年後に起こった。手柄を立てて官位ある女官になってしまったのだ。

女官になった半年後には、皇帝『珀陽』に物覚えがちょっといいという能力を見初められ、それをきっかけにして文官登用試験である科挙試験を受け、合格してしまった。

平民の少女が科挙試験に合格したのは、茉莉花が初めてである。

『皓茉莉花の立身出世物語』を書きたいのなら、一冊の書物にできそうな出来事はもう充分にあるけれど、実は序章が終わったところだ。

平民の新人女性文官だから、という理由で押しつけられた失敗前提の大きな仕事を、見事に成功させた。

赤奏国の内乱を戦わずに終結させた。

隣国の軍隊が白楼国に侵攻しようとしていることを、いち早く察知して対応した。

どれもこれも、驚きの活躍だ。

そして、白楼国の守護神獣である白虎神獣が茉莉花の味方をしたのか、茉莉花は皇帝から禁色の小物を頂くという栄誉を与えられることになった。

この国には、皇帝のみが身につけられる紫色がある。この特別な紫色を禁色と呼ぶのだが、その決まりには一つだけ例外があった。

——皇帝に才能を認められた官吏は、禁色を使った小物を皇帝から与えられ、身につけることを許される。

皇帝に認められた官吏とは、つまり未来の宰相や将軍だ。皆の見る目が変わるし、扱い方も変わる。

「……信じられない」

茉莉花は、自分の歩んできた道を振り返るたびにため息をついてしまう。

本当にこれは自分の人生なのだろうか、物語の中の話ではないだろうかと、周りの人に確認したくなるのだ。

「信じられないのは、仕事だけではなくて……」

そう、他にも信じられないことがある。

白楼国の若き皇帝『珀陽』と自分の関係が、ひっそりと大きく変わったのだ。

珀陽は、白金色の髪と金色の瞳をもち、誰もが見惚れてしまうぐらい見目麗しい十八歳の青年だ。そして、中身も素晴らしく、優しく穏やかで、誰とでも気さくに話す人である。皇子のときには、文官登用試験と武官登用試験に合格していて、皇帝となるために生まれてきたと言ってもいい人だ。

茉莉花は、その珀陽から告白された。

――君が好きなんだ。官吏としてではなく、一人の女の子として。

珀陽への恋心を密かに抱いていた茉莉花は、身分違いだとわかっているから、一瞬だけ喜ぶことにした。そして、自分の立場や未来を考え、珀陽の気持ちに応えなかった。秘密の恋人になるという道もあったけれど、自分はその重みに耐えきれる人間ではないのだ。

しかし、珀陽は茉莉花を諦めなかった。

今となっては、茉莉花はそのしつこさを珀陽らしいと笑うこともできるけれど、あのときは茉莉花も珀陽も必死だった。

――あるよ、一つだけ結婚できる方法が。

珀陽の頭の中には、茉莉花と珀陽の結婚をみんなに認めてもらえるという未来がある。

茉莉花は、幸せな結婚という可能性がどれだけわずかだとしても、存在するのであれば、全力を尽くすことにした。

(わたしにできることは二つ。まずは眼の前の仕事を誠実にすること。それから大きな手柄を立てるための種をまくこと)

茉莉花と珀陽の関係は、結婚できることを確信する日まで、『臣下と皇帝』のままだ。

けれども、二人の関係は、やはり確実にどこかが変わった。

# 第一章

叉羅国は、白楼国の南側に位置する赤奏国よりも、さらに南方にある。

叉羅国の民は、『家』というまとまりを最も大事にしていて、家ごとに信じる神が違い、家ごとに異なった常識をもっているので、国というまとまりをあまり大事にしてこなかった。

それでも、肥沃な大地と多くの鉱山という恵みがあったので、叉羅国というまとまりは維持されてきたのだ。

しかし、五十年前、国というまとまりを揺さぶるようなとんでもない事件が起きる。

王位継承権争いの末に、王朝が二つに分裂したのだ。

ここまではよくある話だけれど、この先は珍しい展開になった。二つの王朝が『三年ごとの王の交替』という提案を受け入れたのだ。

もちろん、二人の王はすぐに互いを認められなくなり、唯一の王になろうとした。しかし、どれだけ戦っても決着はつかなかった。そのため、次の代の王たちも戦った。けれども、また決着がつかなかった。

王朝が一つに戻れない大きな原因の一つに、臣下同士の戦いがある。

叉羅国には、王を支える三人の司祭と四人の将軍――……『三司四将』がいて、彼らは王家よりも自分の家の利益を優先し、そのときどきで二人の王のどちらに味方するのかを決めていた。

二つの王朝の戦いに、臣下同士の戦いが加わったため、問題が複雑になったのだ。

そして、二重王朝の争いがいつまでも続くので、叉羅国の民は疲れきってしまった。

その疲れた叉羅国を、叉羅国の周辺諸国が狙っていた。

――茉莉花にとっての叉羅国とは、このような認識だった。

隣国ではないから、白楼国と戦争になることはないだろう。

交流することも、ほとんどないだろう。

たしかに存在していることはわかっていても、歴史や現在の状態を知っていても、ただの遠い国でしかなかったのだ。

先日、その遠いはずの叉羅国から、ラーナシュ・ヴァルマ・アルディティナ・ノルカウスという名の司祭が珀陽を訪ねてきた。

ラーナシュは、爽やかな笑顔を見せる善意の塊のような人だ。

彼の目的は、叉羅国の王の証である『コ・イ・ヌール』と呼ばれる大きな金剛石と、『珀陽に叉羅国の王になってほしい』というやっかいな望みを押しつけることである。

珀陽は、ラーナシュがもつ王の証を、最初はなにかに利用できるかもしれないと思っていた。けれども、ラーナシュから叉羅国の王になってほしいと言われた途端、ラーナシュを白楼国から追い出すことにした。叉羅国の問題に巻きこまれたら、痛い目を見るのは明らかだったのだ。

しかし、ラーナシュは諦めなかった。

珀陽はしかたなく「叉羅国をよく見てみないと返事はできない」と言い、視察という形で、ラーナシュとやっかいごとをすべてまとめて叉羅国へ送り返すことにしたのだ。

茉莉花は、ラーナシュの通訳をしながら、『押しつけられてしまった王の証をヴァルマ家に返す』と、『自分の手柄に繋がるなにかをできれば手に入れる』という二つの仕事をすることになった。

「……叉羅国に入ったところまでは順調だったのよね」

茉莉花はわずかに残った自分の荷物を見て、ぽつりと呟く。

馬車での長旅になるはずだったので、最初はそれなりの荷物があった。しかし、叉羅国に入った途端、宿を襲撃されてしまい、多くの荷物を置いてばらばらになって逃げなければならなかったのだ。

茉莉花は、一人で叉羅国の首都ハヌバッリへ向かった。その途中で盗賊に襲われてしまったけれど、三司の一人であるアクヒット家の司祭、シヴァン・アクヒット・チャダデイーバという名の青年に運よく助けてもらえたのだ。

シヴァンは、理不尽なところもあるけれど、心優しい人でもある。茉莉花は、助けてくれたシヴァンへ恩返しをするために、シヴァンの屋敷で十日間働くことにした。

シヴァンの屋敷で働き始めてから五日目、茉莉花が朝市に行ったことで、ラーナシュの耳に『茉莉花がハヌバッリにいる』という情報が入り、茉莉花はついにラーナシュと再会する。

ラーナシュは、今すぐヴァルマ家へ行こうと言ってくれたが、茉莉花は恩返しの無償労働中だからという理由で断った。

これは、ラーナシュにとって、とても都合の悪い展開だった。

シヴァンのアクヒット家と、ラーナシュのヴァルマ家は、『報復には報復を』という血にまみれた関係が続いていて、とても仲が悪い。

そんな状態なのに、アクヒット家で恩返し中の茉莉花が、ラーナシュから押しつけられた叉羅国の王の証をもったままでいては困るのだ。

ラーナシュは、茉莉花に押しつけていた王の証を、返してもらうしかなくなった。

茉莉花は、『押しつけられてしまった王の証をヴァルマ家に返す』という問題を解決できて、ひとまずほっとした。ならば次は、『手柄に繋がるなにかをできれば手に入れる』だ。

なんとかしてラーナシュとシヴァンに恩を売れないだろうかと考えていると、シヴァンが反逆罪に問われて王宮に連れて行かれるという事件が起きた。

茉莉花はラーナシュと共に王宮へ乗りこんだ。そして、叉羅国の王であるタッリムの前で嘘に嘘を重ね、シヴァンは王を裏切っていないという偽りの証明をする。

ラーナシュの助けもあって、茉莉花の嘘は信じてもらえることになり、シヴァンは王から軽く注意されるだけですんだ。

茉莉花は、シヴァンを救うという方法で、シヴァンへ恩を売ることに成功したのだ。

「……なぜ私がこのような土臭いところへこなければならんのだ！」

今、茉莉花とシヴァンは、アクヒット家が所有する鉱山にきている。

茉莉花は、シヴァンを庇ったとき、「アクヒット家の宝石加工職人を紹介してもらっている」だとか「鉱山の視察をしている」だとか、嘘をたくさんついたので、少しでも真実にした方がいいだろうと、シヴァンと共に鉱山へ足を運んだのだ。

「すべてお前のせいだ！　私に不幸を呼んだ！」

シヴァンの舌打ちを、茉莉花は得意の『曖昧な微笑み』を浮かべて受け流した。

（こういう方は、「そうですよね」と反省した顔を見せても、「そんなことはありません」と反論しても、笑顔を向けたとしても、結局「馬鹿にしているのか！」と怒るから、対応が難しいのよね）

苛立ちを誰かにぶつけたいだけなら、最初にそう言ってほしい。それなら反省している顔で、別のことを考えることができる。

「この坑道はよく手入れされているな。さすがはアクヒット家だ」

シヴァンが地面を蹴ると同時に、ラーナシュの涼しげな声が坑道内に響いた。

茉莉花は、なぜかシヴァンからにらまれる。

「この男もついてくるなんて聞いていない！」

そして、ラーナシュに対する抗議をなぜかしてきた。

「いいではないか。なぁ、マツリカ」

「マツリカ、よくないと言え！」

ラーナシュとシヴァンにはさまれた茉莉花の胃が、きりきりと痛み出す。

「……ええっと、そうそう、シヴァンさん！　この坑道の案内をお願いします！」

このままでは喧嘩だけで一日が終わりそうなので、茉莉花は元々の目的を果たすために話題を切り替えた。

「それは案内人に任せる。勝手に行けばいい」

シヴァンは再び舌打ちをし、案内人の男をちらりと見る。

「すみません、よろしくお願いします」

茉莉花が頭を下げれば、案内人は「どこまで行きましょうか」と尋ねてきた。

「掘っているところまで行くとなると、その服装では……」

茉莉花の服を心配する案内人に、茉莉花は「大丈夫です」と答える。

「この辺りを少しだけ案内してください。試したいことがあるんです。……ラーナシュさんはどうしますか？」

「面白そうだからマツリカについていこう」

ラーナシュの顔が興味津々と言っている。シヴァンはラーナシュを無視しているのか、それには無反応だ。

茉莉花はシヴァンに行ってきますと声をかけ、案内人のあとについて歩き出した。

（ラーナシュさんとシヴァンさんに大きな恩を売る方法は、二重王朝問題の解決しかない）

二人とも、二重王朝問題を解決したいという点においては、意見が一致している。そして、今すぐにでもどうにかしたくて、誰でもいいから手を貸してほしいと思っている。

（司祭二人の力があっても、二重王朝問題の解決は難しい。だったら、そのさらに上の力を借りるしかないわ）

叉羅国には『光の神子』という伝説がある。

三百年前、この国は今と同じように王が定まらなくて混乱していた。そんなときに、光の山から一人の少女が下りてきたのだ。

彼女は光の山の中で神の声を聞き、光の神子になっていた。そして、神から託された王の証である大きな金剛石を、王となるべき者に渡したのだ。

そして光の神子が亡くなったあと、もう一度光の神子が現れることを祈る儀式が、光の山で年に一度行われるようになった。

三人の司祭は、光の山の中にある光の神子の祭壇までの正しい道を、分割して覚えている。三人で協力して、三日かけて、神子候補たちを祭壇まで連れて行くのだ。

司祭たちは、祭壇で祈りを捧げる神子候補たちを置いて先に戻り、神子候補が『光の神子』となって戻ってくるのを待つ。

(道を知らない神子候補は、入り口まで絶対に戻れない。……異国人のわたしが、この儀式について『ひどい』と言うのは簡単だわ。でもそれだけでしかない)

今はただ、この儀式を利用して、自分にできることをするしかないのだ。

(光の神子の力には限界がある。光の神子が現れて片方の王を選ぶだけでは、もう片方の王は納得できない。そんな神子は偽者だと叫ぶ)

光の神子がいても、王と司祭たちが「光の神子が言うのなら……」と我慢してくれる程度の命令しかできない。

しかし、光の神子の言葉は、民を納得させることができる。民の声によって王と司祭に圧力をかけることはできるはずだ。

(新しい光の神子を誕生させるためには、司祭しか知らないはずの道を神子候補に教える

者が必要だわ）

茉莉花なら、一度歩いただけで坑道を覚えられる可能性がある。

「……あ、すみません。もう少しゆっくり歩いてください」

茉莉花は、案内人に歩く速さを調節してもらい、入り口近くをぐるりと回った。

（『眼に映る景色をまるごと覚え続ける』のは初めてだわ。できるかしら）

人の顔や動き、文字や楽譜という範囲が決まっているものを覚えるときとの違いは、やってみないとわからない。

（左右の光景、歩数、上下と角度……）

茉莉花は、ありとあらゆることを覚えていく。

ある程度のところで引き返して、出発地点に戻ってきた。それから頭の中に大きな紙を広げ、坑道の地図を作成していく。

「……なぁ、シヴァン。マツリカはなにをしているんだ？」

戻ってきた茉莉花が、眼を閉じて動かなくなった。ラーナシュはそれを不思議そうに見て、シヴァンに尋ねる。

シヴァンは「ついていったのはお前だろうが」と言おうとしたけれど、くちを閉じた。

ラーナシュと仲よくお喋りをする趣味はない。

ラーナシュとシヴァンの視線の先にいる茉莉花は、二人のやりとりに加わらず、ひたすら坑道内の記憶を順番に並べた。

（最初はまっすぐ百二十一歩、左右に分岐する道を右に進んで……）

坑道内の光景や、自分の歩数、足の向きの角度などを合わせていき、頭の中の鉱山に坑道をつくっていく。

（最後は、まっすぐに五百三十七歩）

これで終わり、と茉莉花が頭の中で足を止めたとき、なぜか出発地点に戻っていなかった。

「どうして……!?」

突然眼を開いて驚く茉莉花に、ラーナシュとシヴァンも驚く。

ラーナシュたちはどきどきする胸を押さえ、どういうことだと眼と眼で会話をした。なんとなく、茉莉花の邪魔をしてはいけないような気がしたのだ。

「どこでずれたの……？」

茉莉花は案内人に声をかけ、自分の頭の中にある坑道と、案内人の頭の中にある坑道の違いがどこにあるかを、順番に確かめていった。

「ああ、そこ、直線じゃないですよ。右曲がりなんです」

「えっ……!?」

途中の長い直線のところで、案内人から訂正が入った。

茉莉花が思わず声を上げると、案内人は地面を指差す。

「以前は手押し車用の線路をひいていたので、足下(あしもと)にその跡(あと)があります。よく見たら、ちょっとずつずれていることがわかるはずです。見に行きますか？」

「はい、お願いします！」

茉莉花は、案内人と共に直線だと思っていたところへ慌(あわ)てて向かった。

「これが線路の跡です。これが枕木(まくらぎ)で……よーく見てください。ほら、間隔(かんかく)が左右で違いますよね？」

見るだけでは違いがわからないけれど、足の裏を使って長さを比べたら、ほんの少しの違いが茉莉花にもわかる。

「ゆるやかだとわからないものなんですね……」

「ですね。知っていなければ、俺もまっすぐだと思っていましたよ」

茉莉花は、暗闇(くらやみ)の先をじっと見つめる。

自分の感覚を頼(たよ)りにしてはいけない。おそらく、似たようなずれは他にもあるはずだ。

(右か左かとか、上がるか下がるかとか、坑道の向きとか、それはわたしの感覚で決めていた。感覚によるずれを防ぐためには、見た通りに記憶していくしかない)

茉莉花は今いるところをぐるりと見渡(みわた)してみた。

(わたしの記憶は、紙に書き写すような感覚だから……)

文字による記憶を捨て、見たままを写した紙を繋げていこう。

方針を決めた茉莉花は、案内人に頼んでまた別の道を歩いてもらう。

（感覚に頼らずに、見たままを記憶する。それを繰り返す）

ゆっくり左右を見て、足下も見て、茉莉花は坑道を進んでいく。

出発地点に戻ったあと、すぐに記憶を繋ぎ合わせて坑道をつくっていき……。

「まだずれている……⁉」

感覚に頼っていないつもりだったけれど、もしかすると無意識に頼っていたのかもしれない。

（長さをきちんと測りながら歩くことはできない。……どうしよう）

光の神子の伝説を再現したくても、このままでは無理だ。

どうしたらいいのかを悩んでいると、ラーナシュに肩を叩かれた。

「マツリカ、なにを悩んでいるんだ？」

司祭として迷える人を導いているラーナシュに、茉莉花は助けを求める。

「物に、厚みと長さがあるんです！」

「それはそうだな」

「紙では表現できないんです！」

「絵心があれば上手くいくかもしれんな」

「感覚に頼るとずれが生まれてしまって……！」

「なにごとも練習あるのみだ！　俺はいくらでもつきあおう！」

かつて茉莉花に叉羅語の特訓をしてくれたラーナシュは、胸を叩いて大きく頷く。

茉莉花はラーナシュに礼を言ったあと、どうしたら正しく記憶できるかを考え始めた。

シヴァンはというと、茉莉花とラーナシュのやりとりについていけなかったので、ラーナシュにおそるおそる話しかける。

「マツリカがなにを悩んでいるのか、理解できたのか？」

シヴァンがほんの少しラーナシュに感心すると、ラーナシュはゆっくり首を振った。

「いや、さっぱりわからん。マツリカはサーラ語を話せるが、細かいところはまだ勉強中だ。サーラ国人の俺たちに上手く悩みを伝えられなくてもしかたないだろう」

ラーナシュは茉莉花の悩みが理解できないのを『異国人だから』であっさり片付ける。

「まぁ、異国文化は奇妙なものが多いしな」

そしてシヴァンも『異国文化だから』であっさり片付けた。

茉莉花は、鉱山に何度も通い、『感覚によるずれ』の問題にしっかり取り組むつもりでいた。

　しかし、ヴァルマ家の使用人からの「レイテンガがきています。知り合いですか？」という伝言を受け取ってから、状況が一変する。

　慌ててラーナシュと共にヴァルマ家へ向かうと、門のところに天河が立っていた。

「天河さん⁉」

　茉莉花がまさかの再会に喜ぶよりも驚いていると、天河は馬車から降りてきたラーナシュに頭を下げた。

「お久しぶりです、司祭殿。茉莉花さんと二人きりにしていただけませんか？」

「積もる話もあるだろう。いいぞ、ゆっくりしていくといい」

　ラーナシュが「ゆっくりしていけ」と言ったので、天河はラーナシュの客人として認められたことになる。

　使用人たちがほっとした顔になり、「それではこちらへどうぞ」と天河を屋敷の中に案内しようとするが、天河は断った。

「庭を借ります」

　天河からは、用件を言ったらすぐに帰るつもりだという意志が感じられる。

　茉莉花は、珀陽からの大事な伝言があったとしても、禁色の小物をもつ天河がわざわざここにくるのは、いくらなんでも大げさな気がした。

　天河はラーナシュたちが屋敷の中に入っていったあと、周囲をもう一度確認してから、小声で話しかけてくる。

「茉莉花さん、王の証はどうなりましたか？」

「ラーナシュさんに返すことができました。実はわたし、今はアクヒット家でお世話になっているんです。アクヒット家で寝泊まりしている間、ラーナシュさんはわたしに王の証を押しつけることができないので、安心してください」

茉莉花の話を聞いた天河は、ほっとした様子をわずかに見せた。

「皇帝陛下に『皓茉莉花を連れてすぐに白楼国へ戻れ』と命令されました」

「ええっと、急ですね。……なにかあったんですか？」

「はい。ムラッカ国の軍が叉羅国に向かって動いています。これは間違いなく侵略戦争でしょう。赤奏国の内乱とシル・キタン軍による白楼国への侵略戦争とは、状況が違います。今から止めることはできません」

叉羅国が危機的状況にあるということを、茉莉花はずっと聞かされていた。

けれど、実感はなかったのかもしれない。

この国の人々は穏やかに生活していて、みんな親切で、赤奏国で感じたような戦の臭いはしなかったのだ。

「戦争が始まったら、叉羅国はどうなりますか？」

「消えるか、それともとても小さな形で残るか、そのどちらかです」

茉莉花の中では、叉羅国の未来はもう見えていた。茉莉花は天河にもその未来を予想されることで、なんとか受け入れようとする。

「……もしかしたら、わたしとラーナシュさんで、叉羅国の二重王朝問題を解決できるかもしれません。三司のうち、ヴァルマ家とアクヒット家が手を組むことになったので、確実に前へ進んでいます……！」

二重王朝問題で揉め続けている叉羅国は、とても疲れている。だから隣国のムラッカ国が侵略戦争を始めたのだ。

国の疲労の原因を取り除けば、ムラッカ国も豊かな大国に攻めこむことをためらうかもしれない。

「茉莉花さんが今すぐに二重王朝問題を解決できるのなら、俺の権限で待ちましょう。それは今日中に終わりますか？」

天河に問いかけられた茉莉花は、言葉に詰まってしまった。

皇帝の命令に逆らってもいいという天河の譲歩案に、応えることができないのだ。

「……今日中には終わりません」

おそらく、どれだけ努力しても、一月程度はかかる。

五十年以上の憎しみが絡んだ問題をすべて解決したいのなら、この先何十年もかかるだろう。

「貴女は白楼国の文官です。禁色の小物を頂いた、陛下の珠玉の官吏の一人です。まずは自分の身の安全を最優先してください」

茉莉花は、『押しつけられた王の証をラーナシュに返す』という大事な仕事を終わらせた。残るは『視察をして大きな手柄に繋がるなにかを手に入れる』だけれど、それは無理をしてでもやらなければならない仕事ではない。

「……わかりました。では、ラーナシュさんにムラッカ国のことを……」

「そのことは内密に。『白楼国で問題が発生して急ぎ帰国することになった』とだけ伝えてください」

茉莉花は、ラーナシュやシヴァンの世話になっている。恩人の二人に大事なことを教えないまま帰るなんてできない。

せめてそのぐらいは……と言おうとしたとき、よく通る声が響いた。

「心配するな！　話はすべて聞かせてもらった！」

突然の白楼語での叫び声に、茉莉花の身体は固まる。

「えっ、えっ？」と茉莉花が周りを見ている間に、天河は腰の剣に手をかけながら素早く振り返った。すると、天河の視線の先にある庭木の陰から、ラーナシュが出てくる。

「ラーナシュさん⁉　先ほど、お屋敷の中に入っていったはずでは……⁉」

「中に入って裏から出て、ここまで全力で走ってきたぞ！」

「っ、気配がまったくなかった……！」

天河が驚けば、ラーナシュは嬉しそうに笑う。

「こそこそするのは得意だ。子どものとき、いたずらを怒られないように気配を消して逃げるという経験なら、いくらでもあったからな。それに、俺は異国の地で危険なことによく自ら首をつっこんでいた。慌てて逃げ帰ることは日常だぞ」

誇れることではない幼少期の話と若きころの失敗談を、ラーナシュは胸を張って語る。

茉莉花が呆然としていると、天河が剣から手を離し、勢いよく頭を下げてきた。

「茉莉花さん、すみません。俺の警戒が足りなくて国家の機密を……！」

なんという失態だと天河が悔やみ始める。

茉莉花は、ラーナシュと天河のどちらから対応すべきかを迷ってしまった。

「なぁに、その程度の機密なら、あと数日したら俺にも伝わる。しかし、さすがは白楼国だな。当事者のサーラ国よりもサーラ国事情に詳しいとは」

叉羅国にも間諜がいるし、ヴァルマ家も独自に情報を手に入れる手段をもっている。

そんな中で、ムラッカ国による侵略戦争の話を、白楼国が一番最初に摑めたのには理由があった。

（ムラッカ国は、白楼国の南西に位置する国。今のムラッカ国の王は好戦的な人で、白楼国は常に警戒しなければならない）

白楼国から叉羅国へ向かうには、赤奏国経由で行くか、ムラッカ国経由で行くかの、どちらかになる。内乱が収まったばかりの赤奏国経由より、ムラッカ国経由の方が安全かもしれないけれど、珀陽はムラッカ国を警戒し、茉莉花たちを赤奏国経由で叉羅国に向かわせた。

「マツリカ、お前は白楼国の人間だ。その男の言う通り、さっさと帰るがいい」

ラーナシュは、国の危機を知りながらも、爽やかな笑顔を茉莉花に向ける。

「ですが……！」

「落ち着いたらまたきてくれ。俺は個人的にお前のことがとても気に入っている。俺の一番の理解者だからな。しかしな、異国との戦争が始まれば、民が異国人のお前をどう思うのか、簡単に想像できるだろう。そうなる前に、その武官と急いで帰るんだ」

茉莉花は、戦争が始まる前に叉羅国を脱出しなければならない。珀陽が「今すぐに」と天河に命令したのは、叉羅国の民は異国人を好まないという事情を知っていたからだ。

「俺もシヴァンも、これからとても忙しくなる。ヴァルマ家やアクヒット家の馬車で送ってやることはできん。気をつけるんだぞ」

「……はい！」

茉莉花は覚悟を決めた。叉羅国に残ったとしても、ラーナシュやシヴァンに守ってもらわなければならないし、それは二人の負担になる。そして、ここにいたとしても、茉莉花は戦争の終結を待つことしかできないのだ。

(ラーナシュさん、ありがとうございます)

また国が落ち着いたら……としんみりしていると、ラーナシュがぐっと顔をよせてきた。

茉莉花はあまりの近さに怯み、一歩下がる。

「それでマツリカに頼みがあるんだが……」

茉莉花は、しんみりした気持ちを慌てて投げ捨てた。

ラーナシュは、珀陽に「一枚上手だった」と言わせた人だ。油断してはいけない。

「俺も一緒に白楼国へ行くぞ」

茉莉花はどんな無理難題を押しつけられるのだろうかと覚悟していたけれど、予想とはまったく別の頼みごとをされた。

(一緒に……行く?)

頭の中で、今の状況を含めつつ、ラーナシュの目的を考えてみる。

「ラーナシュさん。こんな大変なときに、ヴァルマ家から離れるべきではありません」

とりあえず軽く探りを入れてみると、あっさりかわされた。

「家のことは心配するな。叔父上に任せる」

「任せてしまっていいのですか？　タッリム国王陛下にお叱りを受けたら……」

「俺が王宮に行かなくても、誰もが当然だと思う。司祭であっても、最優先するものは自分の家だ。こんなときだからこそ、王宮には代理人を行かせる」

白楼国の常識と叉羅国の常識は違う。

非常事態でも『家』が最優先されることに、自分でつくり上げた叉羅国育ちのジャスミンという設定の少女は「それはそうでしょう」と頷くけれど、白楼国で生まれ育った茉莉花は「それでいいの⁉」と驚いてしまった。

「俺の目的は、白楼国の皇帝殿に面会することだ。マツリカ、取り次いでくれ」

危機的状況の中で叉羅国から離れ、白楼国の皇帝である珀陽へ会いに行く。

ラーナシュが珀陽に会わなければならない理由は、茉莉花にもいくつか想像できた。その中のどれなのかを表情から読み取ろうとしたが、その前に天河が返事をする。

「お断りします」

「天河さん⁉」

ラーナシュから詳しい話を聞いてもいないのに、天河は迷うことなく茉莉花の代わりに断った。それはいくらなんでも、と茉莉花は慌てるが、天河は表情一つ変えない。

「ラーナシュ殿は連れて帰らないように、と陛下から命じられています」

天河は「それでは失礼します」と言い、無理やり話を終わらせようとした。

「……ふむ、それなら俺にも考えがある」

ラーナシュは落ち着いた様子で頷く。嫌な予感しかしない。

「俺が一言命じれば、お前たちはしばらく首都ハヌバッリから出ることができないだろう。早く帰りたくはないのか？」

天河は無言で茉莉花を背後に庇う。

ラーナシュもまた、ゆっくりと視線を家に向け、使用人を呼ぶぞと態度で示した。

「今のは、白楼国に連れて行けという脅迫ですか？」

「そうだ。その代わり、安全に早く白楼国へ行けるように手配しよう。守らなければならないマツリカを抱えているのなら、俺と取り引きをした方が絶対にいい」

天河は迷う。ここは叉羅国だ。ラーナシュが一声かければ、皆がこちらの前に立ちふさがる。上手く逃げるのは難しいだろう。

珀陽の命令の優先順位は、『早く帰国すること』と『ラーナシュを連れて帰らない』のどちらの方が高いのだろうか。

「……天河さん、ラーナシュさんと取り引きをしましょう」

今度は茉莉花が天河の代わりに決断する。

「ですが、陛下の命令で……！」

「はい。わたしたちは、ラーナシュさんと一緒に白楼国へ行って、ラーナシュさんが面会を希望しているという話を陛下にお伝えするだけです。陛下が面会を断ったら、それで終わりです。……前回とは違い、ラーナシュさんに時間はありません。月長城で長く粘ることはできないはずです」

珀陽が「ラーナシュを置いてこい」と言ったのは、おそらく善意からだ。

ラーナシュがこんなときになにを考え、どうするのかをわかっていて、それに対してなにもできないという意思表示を先にしておいたのだろう。

（戦争が始まる。異国が攻めこんでくる。……こうなってしまったら、ラーナシュさんは陛下に「王になってくれ」と頼むやり方は選べない。ラーナシュさんはもっと素早い対処を、直接的な支援を白楼国に求めるはず）

ラーナシュの願いは、おそらく白楼国の禁軍の派遣だ。

しかし、珀陽は拒否することをもう決めている。

「ラーナシュさん。おそらく、陛下は……」

茉莉花が「貴方の望みを叶えない」と続けようとする前に、ラーナシュがくちを開く。

「どんなことでもやってみなくてはわからん。頼む！」

ラーナシュには覚悟がある。ならば、茉莉花に言えることはただ一つだ。

「出発の準備を急いでください。一緒に行きましょう」

茉莉花の了承の言葉に、ラーナシュは深く頷いた。

# 第二章

禁色の小物を頂いた文官である茉莉花は、皇帝『珀陽』の執務室に入ることを許されている。

気が引けてあまり会いに行っていない……ということにするつもりだったけれど、そうなれば他の官吏から皇帝との不仲を疑われるようになるので、こまめに通わなければならないらしい。

他にも、月長城から離れるような任務を与えられたら、上司よりも先に珀陽に挨拶しなければならない……というような注意点を、禁色の小物を頂いた先輩である文官の子星から教えてもらっていた。

「ただいま帰還しました」

月長城に戻った茉莉花は、まず珀陽の執務室を訪れ、帰ったことを報告する。

「おかえり、茉莉花。無事でなによりだよ。叉羅国をゆっくり見て回る折角の機会だったけれど、すぐの帰国になって残念だったね。叉羅国内はどうだった？」

「首都に向かう街道にも盗賊が出没していました。国内は開戦前からかなり荒れていると思われます」

珀陽が知りたいのは、二重王朝の問題点や三司の最新の勢力図の話ではない。最も優先すべきものは、戦争に関係している話だ。

国内が元々荒れていたのであれば、戦争をする体力がないという証拠にもなる。

「他にも……」

茉莉花は、首都の朝市の様子、アクヒット家の当主の動き、移動中に感じた民の雰囲気を丁寧に説明していった。

「……それからもう一つ。叉羅国のヴァルマ家の当主、ラーナシュ・ヴァルマ・アルディティナ・ノルカウス殿が陛下への取り次ぎを希望しております」

ラーナシュには、月長城の前で天河と共に待ってもらっている。茉莉花の勝手な判断で、月長城内に入れるわけにはいかない。

「やっかいごとは置いてくるように、と天河に言っておいたはずだ」

珀陽はまったく困っていない顔で「困ったな」と呟いた。

「ラーナシュ殿には時間がありません。陛下との会談が終われば、すぐに帰るでしょう」

茉莉花が、話す時間をつくってやれないかと慎重に言葉を選んで頼めば、珀陽はしかたないという顔になる。

「夜の予定は？」

珀陽が従者に言えば、従者はすぐに確認し、「大丈夫です」と答えた。

「茉莉花、夜まで待つようにとラーナシュに伝えてくれ」

「はい」

珀陽がラーナシュを夜まで待たせるのは、力関係をはっきりさせるためだ。

――珀陽はお願いされる側で、ラーナシュはお願いする側。

ラーナシュにとって、今回の会談はとても不利なものになるだろう。


茉莉花は珀陽の執務室を出たあと、外交を担当している礼部の仕事部屋へ行き、礼部尚書へラーナシュを客人として迎えてほしいという話をする。そして、門で待たせているラーナシュのところに急いで向かい、珀陽との会談が夜になったことを伝えた。

茉莉花は、あとのことを礼部に任せるつもりだったけれど、ラーナシュから自分の補佐として会談に同席してくれと引き留められてしまう。

「……陛下の許可を頂けないと、お引き受けできません」

ラーナシュは、珀陽相手に勉強中の白楼語だけで交渉するのは難しいと判断したのだろう。

言語の補佐なら礼部の叉羅語を話せる文官の方が適任だ、と珀陽に断ってほしかったのだが、珀陽は穏やかに微笑んだ。

「茉莉花を補佐として使っていいよ」

珀陽はラーナシュの頼みを聞き入れた。ならば、茉莉花は従うだけだ。

胃が痛くなる会話を全部聞くことになるけれど、ラーナシュを連れてきた者として責任を取らなければならない。覚悟を決めてラーナシュのななめうしろにつく。

（……わたしは、どうしたいんだろう）

茉莉花はラーナシュに頼まれ、珀陽との会談の場をつくった。

けれども、珀陽には、叉羅国と同盟を結ぶ気がない。

ラーナシュに協力したいのか、珀陽の決定に従いたいのか。

自分は「どちらも」と言いたいのかもしれないが、言えるような状況ではないこともわかっていた。

「白楼国の皇帝殿。会談の場をつくってくれたこと、感謝する」

「礼を言うなら茉莉花に。私の側近が頼まなければ、実現しなかった会談だ」

これは側近の願いを叶えただけで、ラーナシュの願いを叶えたわけではない。

珀陽は、歓迎していないことをわざわざ示した。

「マツリカにはあとで改めて礼を述べよう。……申し訳ないが、こちらには時間がない。本題に入らせてもらう」

ラーナシュは、珀陽の嫌みをこめた言い回しにいちいち反応するような男ではない。

「まずは皇帝殿、今のサーラ国について、どれだけの情報を握っている？」

「それを君に教えてあげる義理はない」

珀陽は笑顔のまま、厳しい言葉を放つ。

「まぁ、たしかにそうだな。なら確認という形にしよう。現在、ムラッカ国とモダラート国がサーラ国に進攻中だ。俺が白楼国へ移動している間に、ムラッカ国はサーラ国との国境まできているだろう。もう開戦しているかもしれないな。これぐらいのことは知っているはずだ」

「そうだね」

「サーラ国は、侵略戦争という危機を乗り越えるために、初戦で圧倒的な勝利を得なければならない。気軽に手を出してもいい国ではないことを見せつけなければ、他の国にも襲いかかられてしまう」

「だろうね」

珀陽は、叉羅国に興味はないという返事を繰り返した。

「白楼国は今後、どう動くつもりだ？」

「この国は叉羅国の隣国ではない。どう、と言われても」

地続きではない国の領土を得ても、あとが大変だ。取り返そうとする者たちとの争いになれば、遠方に軍を派遣するという面倒なことをしなくてはならない。

だから珀陽は、ラーナシュに「サーラ国の王になってくれ」と言われても断ったのだ。

「白楼国にとってのサーラ国は隣国の隣国で、ムラッカ国は隣国だ。これから隣国を支援する予定はあるのか？」

白楼国は、叉羅国への侵略戦争に参加しない。勝っても得られるものが少ないからだ。けれども、叉羅国と戦う国を支援することで、傷つかずに金を得ることはできる。

「私はまだ情報を集めている段階でね。これから色々考えるよ」

珀陽はわかりやすい嘘をついた。

ラーナシュは怒ることなく、その嘘を利用する。

「考えている最中ならば、サーラ国と同盟を結んでくれ！」

ラーナシュの目的は、茉莉花が予想した通りのものだ。

白楼国の周辺国が、若き新皇帝のお手並み拝見と腕組みをしている中、白楼国はシル・キタン国の侵略戦争を事前に察知して、圧倒的な大勝利と莫大な賠償金を得た。気軽に手を出してはいけない国だという印象を、珀陽は周辺国へ植えつけることに成功したのだ。

これからますます力を増していくと思われている白楼国が叉羅国の味方につけば、叉羅国の隣国は白楼国を警戒し、叉羅国への侵攻を考え直すかもしれない。

「同盟ね。……叉羅国との同盟が白楼国の利益になることを、君は示せるのかい？」

同盟とは、互いに得をするために結ぶものだ。

珀陽の問いかけに、ラーナシュは迷わず答える。

「宝石加工の職人の派遣や、鉱石の優先提供、飢饉のときの作物援助が可能だ」

叉羅国が名高い宝石産出国であることや、広大で肥沃な土地を生かした農作物があることを、ラーナシュは主張する。

けれども、珀陽は首を横に振った。

「宝石加工の職人の派遣は、他の国にも頼める。叉羅国の宝石はたしかに素晴らしいものだけれど、それにこだわる必要はない。今のところ、大きな飢饉がきても自国で対応できるし、いざとなれば仲のいい赤奏国もいるからね」

ラーナシュから、そこそこいい条件を出されている。しかし、珀陽はそれでも断った。

禁軍を出兵させるのであれば、その費用を回収できるほどの最高の条件をつけてもらわなければ困るからだ。

「……ならば、鉱山の権利を！」

ラーナシュがかなりの譲歩案を提示してきたので、茉莉花は驚く。

珀陽は茉莉花と違って、表情一つ変えていない。

「それは、叉羅国がもっている鉱山の権利かな？」

「いや、ヴァルマ家のものだ」

「叉羅国の王の許可を得ずに勝手なことをしたら、君は叱られてしまうよ」

アクヒット家の資産を異国へ移そうとしたシヴァンは、王への反逆行為だと言われた。ラーナシュがヴァルマ家の鉱山の権利を珀陽に与えれば、今度はラーナシュが反逆罪に問われる。

「白楼国の皇帝殿とヴァルマ家の共同権利という形にする。これならば問題ない」

「私はそれでも問題があると思うけれどね」

珀陽は楽しそうに笑うけれど、眼は笑っていなかった。

「条件はそれだけかな？　ならこの同盟の話はなかったことにしよう」

「待ってくれ！」

話を終わらせようとした珀陽を、ラーナシュは引き留める。

「……白楼国は、なにがほしいんだ？」

ラーナシュは、手札をかなり出した。ここまできてしまったら、いっそほしいものをはっきり言ってもらった方が助かる。

「私はね、なにもいらないんだよ。ここは『豊かな国』だから」

珀陽は、傲慢にも聞こえてしまう単なる事実を、ラーナシュに突きつける。

ラーナシュは、「なにもいらない」という返事が予想外だったのだろう。拳をきつく握りしめたまま立ち尽くした。

茉莉花は、そんなラーナシュを見ていることしかできない。

（わたしは、こうなることをわかっていた。……同行させてくれ、会談の場をつくってくれ、と言われたときに、無理だと断ることが本当の優しさだったはず。なにかできたらという甘い考えで、ラーナシュさんの時間を無駄にしてしまった）

司祭として国を守り、ヴァルマ家の当主として家を守らなければならないラーナシュは、開戦までにすべきことがたくさんある。白楼国にくるべきではなかった。

「話はこれで終わりかな？　急いで帰りたいのなら、馬車か馬を用意させようか？」

「……いや、必要ない」

ラーナシュは、珀陽を説得するために白楼国を訪れた。それが無理だとわかった以上、もう出発しなければならない。

「それでは失礼する」

ラーナシュは謁見の間から一人で出て行った。

残された茉莉花は、珀陽から優しく声をかけられる。

「茉莉花、もう下がっていいよ。長旅で疲れているのに悪かったね」

「お気遣い、ありがとうございます。……それでは失礼します」

茉莉花は謁見の間を出たあと、人のいない廊下まで行ってから足を止めた。とにかく、ラーナシュと話をしたい。

(陛下は決めたことを覆すような方ではないと、もっと本気でラーナシュさんを説得すべきだった。ラーナシュさんを止める機会は、何度もあったはず。叉羅国でも、白楼国に入ってからも、陛下に会談は夜まで待てと言われたときも……)

そのとき茉莉花は、なぜか突然珀陽の言葉に違和感を覚えた。

「夜まで……待て？」

珀陽は、なぜラーナシュを夜まで待たせてでも話を聞こうとしたのだろうか。

(ラーナシュさんがしつこい人だから、絶対に無理だということを伝えたかった？　いいえ、今回のラーナシュさんは、時間がなくて粘れない)

珀陽は、茉莉花が取り次いだ時点で、はっきり「無理だ」と言えばよかった。そもそもラーナシュを月長城に入れなければ、ラーナシュもその時点で諦めただろう。

(陛下は、ラーナシュさん側の事情をわかっている。無駄な時間をラーナシュさんに使わせるという嫌がらせをするような方ではない)

相手を突き放すのも、ときには優しさになるということを知っている人だ。

「……ほんのわずかな可能性かもしれないけれど、陛下に交渉する気があった……？」

茉莉花の呟きは、周囲の静寂に吸いこまれていく。

まさか、と声を出さずにくちだけを動かしたあと、謁見の間の方に視線を向けた。

(陛下は、ラーナシュさんと交渉する気があったから、上下関係を思い知らせるために、

夜まで待たせた。……これなら、陛下の言葉と行動が一致する）

このことをラーナシュに知らせなければ、と駆け出そうとしたが、一歩踏み出したところで立ち止まる。

（……ううん、先ほどの交渉で、わずかな可能性が消えたかもしれない。希望をもたせるようなことは言わない方がいい）

とにかく、まずはラーナシュを捜そう。

茉莉花は走り回るつもりだったけれど、ラーナシュはすぐに見つかった。彼は庭で建物に囲まれた夜空をじっと見つめている。

「ラーナシュさん……」

どう切り出そうかと迷っていると、ラーナシュが上を向いたまま返事をした。

「なぁ、マツリカ。広い空が見たい。どこに行けばいい？」

いつもの明るい声に戻っているラーナシュに尋ねられ、茉莉花は頭の中に月長城の図面を急いで呼び出す。

「それなら月長城を出た方がいいです。白虎神獣廟の辺りなら、周囲に高い建物はありません。……あの、少しだけ待ってください。街に降りると伝えてきますから！」

客人であるラーナシュが月長城から突然いなくなれば、騒ぎになる。

茉莉花は、ラーナシュに「旅立つ前に白虎神獣へ旅の守護を祈願したい」と言われた、というもっともらしい理由をつくり、急いで礼部の文官の元へ向かった。

白虎神獣廟までは、そう遠くはない。けれども、文官の茉莉花が客人であるラーナシュを警護できるわけがないので、天河についてきてもらった。

(夜遅くにありがとうございます……!)

天河は、少し離れたところから気配を消してついていくと言っていた。その言葉通り、近くにいることがまったくわからない。

ラーナシュは白虎神獣廟の階段を上りきったあと、立ち止まる。

「……ここは世界が広く見えるな」

白虎神獣廟の門はもう閉ざされていた。中に入ってのお参りはできないけれど、ラーナシュの目的はお参りではないので、これでいい。

「つきあわせて悪い」

「いいえ、そんなことは……って、このお菓子は?」

「部屋にあったのをもってきた。半分ずつにしよう」

ラーナシュは階段へ無造作に座り、手招きしてくる。茉莉花が隣に座れば、半分にした菓子を手に載せてくれた。

菓子をくちに入れるとほろりととけていき、上品な甘さが広がる。茉莉花の疲れた身体が癒やされていく気がした。

「白楼国は豊かな国だな」

「……はい」

茉莉花は、ラーナシュの呟きに頷く。

先の皇帝が即位した直後は、周辺国に攻めこまれて大変だったらしいが、そのあとは小さな戦はあっても大きな戦はなく、そして内乱もなかった。それは間違いなく今の豊かさに繋がっている。

（普通なら、豊かになった国は戦争を始める。でも、陛下には侵略戦争をする気がない）

珀陽が皇帝でいられる期間は、あと十年ぐらい。珀陽はその間に国の制度を整え、発展させ、官吏の質を上げるつもりだ。それは戦争をすることよりも遥かに優先順位が高い。

「白楼国の今の皇帝殿は立派だ。これからこの国をもっと素晴らしいものにするだろう」

ラーナシュは、心の中で叉羅国の王と珀陽を比べている。

いや、比べているのは、自分と珀陽なのかもしれない。

「マツリカは、赤奏国で宰相補佐をしていたそうだな」

ラーナシュの話題が突然変わり、茉莉花の話になった。

「はい。少しだけですが」

「赤奏国はどんな国だった？」

赤奏国は、多くの難題を抱えている。

——とにかく金がない。皇帝の周りは敵ばかりで、支えてくれる官吏が少ない。壊れたままの橋や堤防が多く、修理したくても時間も金もかかって難しい。飢饉が続いていて、食べるものに困っている民もいる。

こうしてみると、赤奏国は本当に厳しい状態にある。けれど、希望もある。

「赤奏国は、よい方向に進むことを信じられる国です」

皇帝『暁月』は、赤奏国を愛している。皇后の莉杏も、将来有望な若き官吏も、これから周囲に能力をどんどん認められ、その力を発揮していくだろう。

「そうか。……なにが違うんだろうなぁ」

ラーナシュはそう呟いたあと、首をかしげた。

「白楼国は赤奏国の支援をしている。それも大規模なものだ。……隣国だから、同じ民族で同じ言語を話すから、同情したから。理由はきっと色々あるのだろうが、サーラ国と赤奏国の決定的な違いはなんだ？」

隣国だから、という理由だけで、珀陽はすべての隣国を助けるわけではない。

茉莉花は、珀陽が暁月を助けた理由というものを、一度も聞いたことがなかった。けれども、少しだけ暁月の傍にいてそのひととなりを知ることができたので、心当たりならある。

「……あの方なら助けてもいい、と思われたのではないでしょうか」

「あの方？」

「赤奏国の皇帝陛下です。いつも心の中に激しい炎を抱えています。でも、とても優しい人です」

暁月は絶対に珀陽の恩を忘れない人だ。だから珀陽は、全面的に支援できる。

（元々天庚国だった四カ国は、互いの領土を狙っている。そのうちの一国である赤奏国を味方につけておけば、他の二国に攻めこまれても、対等に戦える）

暁月なら赤奏国を繁栄させられる。豊かな国となった赤奏国と長く親しくつきあえたら、白楼国のためになるだろう。

茉莉花に禁色の小物が与えられた理由は『将来性があるから』だ。きっと赤奏国も、皇帝が暁月なら『将来性がある』と認められた。

決定的な違いの鍵となるのは、暁月という人間だ。彼が支援を求めてきたとき、珀陽は彼の中になにを見つけたのだろうか。

「……覚悟と、代償」

茉莉花は、ぼんやり見えた答えを呟く。なんとなくではあるが、珀陽が赤奏国を救ったのに叉羅国を救わない理由が、わかった気がした。

（覚悟と代償を示すことができたら、交渉という次の段階に進めるのかもしれない。陛下に交渉する気があったのなら、叉羅国との同盟は白楼国のためになるのかも）

──ラーナシュへの協力は、個人としてはできても、白楼国の文官としてはできない。

茉莉花はそんなことを思っていたけれど、叉羅国との同盟が白楼国のためになるのなら、白楼国の文官としてその可能性を徹底的に追求してもいいはずだ。

（まずは陛下に話を聞かなければならないわ）

今すべきことは、ラーナシュに謝ることでも、帰る準備を手伝うことでもない。

「ラーナシュさん。出発を遅らせることはできますか？」

「うん？　それはかまわないが、なにかあるのか？」

「わたし、皇帝陛下とお話をしてみます。ラーナシュさんのためになるかはわかりませんが、皇帝陛下のお考えをしっかり聞きたいんです」

──もしかしたら、珀陽の話を聞いて同盟締結が無理であることに納得し、ラーナシュになにもできないかもしれない。

──忙しいラーナシュを引き留めるほどの意味はないのかもしれない。

はっきり約束できるものがなに一つない提案をすると、ラーナシュは笑った。

「よし、待とう。長旅で馬が疲れている。少し休ませてやりたい」

茉莉花のふわふわとした要求を、ラーナシュはあっさりと受け入れる。

「でも無理はするな。お前は白楼国の文官だ。皇帝にいじめられたら今後が大変だろう」

ラーナシュは善意の塊（かたまり）のような人だ。こんなときでも、茉莉花を心配してくれた。

「ありがとうございます。でも、大丈夫です。白楼国の文官として、できることをしようとしているだけですから。……ふふ、この場合はですね、『皇帝にいじめられたら』よりも『皇帝ににらまれたら』の方がいいです」

「にらむ？」

「『怖（こわ）い顔でじっと見ること』です。シヴァンさんみたいに」

「ああ、なるほど。シヴァンはもう少し笑った方がいいのにな」

叉羅語と白楼語を混ぜながら、茉莉花はラーナシュと話す。

（わたしとラーナシュさんには、共通点なんてほとんどない。生まれも育ちも価値観も違う。けれど、努力によって理解できるところもある。……こうして、言葉を尽くして話し合うのは、とても大事なことだわ）

言語が違うからこそ、ラーナシュも茉莉花も互いの意図を読み取ろうと工夫（くふう）するし、読み取ってもらう工夫もし、わかり合う努力をしてきた。だから言葉にならない想（おも）いも感じ取れるようになるのだ。

「マツリカ、お前がなにをしようとしているのかは、俺にはよくわからん。だからこう言おう」

　ラーナシュの優しい声が、茉莉花に向けられる。

「俺には俺の守るべきものがある。お前にはお前の守るべきものがある。違う人間なのだから、違って当然だ。だから、できる範囲で助け合おう。結果がどうなろうと、俺とお前の間では恨みっこなしだぞ」

　な、と同意を求められ、茉莉花は微笑んだ。

　ラーナシュは「お前ならできる、どうにかしろ！」と言うこともできるのに、それをしない。

　互いの立場を理解して尊重し合うことが、どれほど難しいことなのかを、茉莉花は知っている。けれども、ラーナシュとならできそうな気がした。


　禁色の小物をもつ茉莉花が、「ラーナシュについての報告がある」と珀陽の従者に取り次ぎを頼めば、すぐに執務室の中に入れてもらえた。

「もう少しで終わるから待つように、とのことです」

　従者が茉莉花を続き部屋に案内してくれる。

　茉莉花は案内に従い、続き部屋の椅子に座った。

（……あ、陛下の笑い声が聞こえる）

珀陽は、報告にきた人の話を聞き、指示を出し、ときには笑い声を立てている。

ここまで穏やかに接してもらえたら、言いにくいことも話しやすいだろう。

（きっと陛下は、話しやすい雰囲気をつくっている。でも、ただ優しいだけではない）

駄目だと言わなければならないことは、迷わず言える人だ。

まさに絵に描いたような理想の皇帝である。

「皇帝のお仕事をしている珀陽さま……か」

皇帝としての珀陽の仕事ぶりは、噂で聞くだけだった。

遠くから見ているだけだった皇帝『珀陽』が、いつの間にか近くにいる。

──貴方のことをもっと知りたいんです。もっと理解したいんです。

茉莉花の複雑な想いの中にある、とても単純な気持ち。

珀陽も自分と同じように、知りたがったり理解したがったりしてくれたら嬉しい。

（……どうなのかな）

いつも落ち着いていて、すべてを見通しているように見える珀陽も、十八歳の青年として悩むこともある。茉莉花の恋心に気づかず、焦ったり嫉妬したりすることだって……。

「っ、だめ……！」

茉莉花は、珀陽からの告白を思い出しかけ、顔を熱くした。

だって、好きな人だ。その人が自分のことを好きだと言ってくれたことを、きっとまだ実感できていない。ときどき思い返すたびに、「本当なの？」と確認したくなる。

（皇帝陛下と想いを同じにするなんて、夢みたいな話だわ。でも夢で終わらせたくない）

胸を張って一緒にいられる未来を手にしたい。

そのためにも、まずは眼の前のことを……ラーナシュの通訳として、珀陽の意図をラーナシュへ完璧に伝えるために、珀陽を理解しよう。

仕事が終わったからどうぞと言われ、茉莉花は再び執務室に入った。

従者たちは珀陽から退出するように言われていたのか、すぐに出て行く。

「そこにお茶の用意をしてもらったんだ。入れてもらってもいい？」

皇帝と文官という会話をするつもりだったけれど、珀陽は友人と世間話でもするような気軽さで、卓上にある茶器を指差した。

「茉莉花が禁色の小物をもつ文官になったから、色々できることが増えて嬉しいよ」

「……そんなに増えたでしょうか？」

最高級品の茶器と茶葉を扱うことになった茉莉花は、手を止めてから珀陽を見る。

「前にお茶を飲みたいと言ったとき、自分には許されていませんって断られたからね。それに、自分からここにくることなんて一度もなかった」

理由をつけないと珀陽に会えなかったり、会うときは誰にも見られないように工夫したり、珀陽と茉莉花の間には高すぎる壁がずっとあった。

「……もっとお傍にいられるように、がんばります」

文官として誠実な仕事をしていれば、珀陽の傍にいることを皆から認めてもらえる。文官として、それから一人の人間として、珀陽を支えたい。

「茉莉花はもう充分にがんばっているよ。うん、おいしい」

茶の毒見は必要ないと言って珀陽は勝手に茶を飲んだが、本当にいいのだろうか。ひやひやしていると、珀陽がふっと笑った。

「さぁ、座って」

「……ありがとうございます」

茉莉花は立ったままでもよかったのだけれど、疲れている珀陽のところへ押しかけた側としては、ここで揉めたくない。

言われるまま座り、自分で入れた茶にくちをつけると、華やかな香りが広がっていく。この茶に、がんばれと後押しされたような気がした。

「それで、話というのは？」

珀陽に問われ、茉莉花は覚悟を決める。

「まずは報告です。ラーナシュさんの出発が翌朝になりました。馬が疲れているので、もう少し休ませたいそうです」

珀陽を訪ねるための表向きの理由は『ラーナシュについての報告がある』だ。

とりあえず言うべきことを伝えると、珀陽はくちの端を上げた。

「本題は？」

きっと珀陽は、すべてをわかっている。それでも茉莉花を招き入れた。

「わたしは、陛下のお考えをもっと理解したいんです。……叉羅国を助けても白楼国の利益にならないのは、どうしてでしょうか」

茉莉花の質問に、珀陽はきちんと答えてくれる。

「まったく旨みがないわけではないよ。叉羅国の鉱石の質はいいし、宝石の加工職人の技術の向上はずっと手をつけたかったことだから、縁をつくれたら嬉しい。互いに平和な状態であれば、気軽に仲よくしたい相手だ」

茉莉花が取りつけてきた技術協力の話は、本当ならとても歓迎されるはずだった。

けれども、戦争が始まることで、方針が変わったのだ。

「気軽に、ですか。やはり一番の問題は二重王朝ですか？」

「そう。片方の王と気軽以上に仲よくしたくない。もう片方の王に恨まれるから」

叉羅国が抱えている二重王朝問題は、周辺国にとっても面倒な問題である。

片方の王と仲よくしたら、三年後にはもう片方の王に敵意をもたれる。

珀陽が言う通り、どの国も今の叉羅国とは浅いつきあいしかしたくないのだ。

「赤奏国と叉羅国の違いは、二重王朝問題だけですか？」

――珀陽は、赤奏国の支援をしても、叉羅国の支援はしない。

茉莉花は、その理由をいくつか思い浮かべることができる。しかし、珀陽には他の理由もありそうだ。

「たしかに、暁月もラーナシュも、白楼国の皇帝に助けを求めたところは同じだ。でも、私が助けるのは暁月だけ。暁月とラーナシュの違いはわかる？」

「覚悟と代償……ですか？」

「そう。きちんとわかっているみたいだね。違いがあるのではなく、足りないんだよ」

暁月は、珀陽の手を借りて赤奏国の皇帝になった。

それはきっと暁月にとって望まない未来だっただろう。望んでいる未来であれば、動くのが遅すぎるのだ。

(赤の皇帝陛下は、赤奏国に人生のすべてを捧げる覚悟をし、得られたはずの平穏な人生を代償として支払った)

ラーナシュが支払おうとしたのは、ヴァルマ家の鉱山の権利だけだ。

こうして比べてみると、珀陽がどこに注目していたのかはっきりわかる。

「……陛下は、ラーナシュさんの覚悟と代償が足りていたら、叉羅国を支援したいと思いますか？」

茉莉花が仮定の話をすると、あっさりと否定された。

「思わない」

いつもならここで引き下がるけれど、茉莉花は勇気をもって食らいつく。

「どうしてですか？」

「私はラーナシュとの関わりが薄いから、どうなろうと気にならないんだよね」

身近で困っている人にはすぐ手を伸ばせても、遠くの知らない人へ手を伸ばすときは誰だって慎重になる。それは当たり前のことだ。

「茉莉花はラーナシュと一緒に旅をした。彼の人となりを知った。だから助けたい」

「……はい」

「ラーナシュはどんな人？」

珀陽が、ラーナシュを理解しようとしている。

茉莉花は、ラーナシュとなにを見て、なにがあったのかを、丁寧に説明した。

「ラーナシュさんは、とても孤独な人です。ラーナシュさんのように、『家』と『国』を同時に愛する人は、叉羅国内にほとんどいないでしょう。今までも、これからも、誰にも理解されないまま、その二つを必死に守っていくはずです」

ラーナシュがこの孤独に耐えきれるのは、あと数年だ。彼の孤独を分かち合える人が、自分以外にもいてほしい。

「それから、ラーナシュさんは、陛下のお気持ちがわかると言っていました」

「私の？」

「自分にしかできないことをするのは、とても格好いいのだそうです。陛下が完璧な皇帝になるという大変な道を選んだように、自分も国を守るという大変な道を選べたのは、とても格好いいからだと……」

珀陽は瞬きを二度したあと、穏やかに微笑んだ。

「非常に不愉快なことを言う男だね」

茉莉花の背筋がひやっとする。どうやら余計なことを言ってしまったらしい。

「陛下は、その、小さいころは皇帝になりたかったんですよね⁉」

「そうだよ」

強引に話題を変えてしまったが、珀陽はついてきてくれた。

珀陽の過去は、茉莉花にとって聞いてみたかった話でもある。そして、ある意味これが本題だ。

「陛下の覚悟と代償は一体なんだったのでしょうか。……皇籍を捨てたあとの文官や武官としての未来ですか……？」

珀陽は、母親を早くに亡くした。後ろ盾のない皇子だったため、自分だけで生きていけるように、一度は臣下の道を選んだ。

珀陽は科挙試験を受けて合格し、そのあとに武科挙試験も受けて合格した。

きっと珀陽の中では、官吏として生きていく強い覚悟があったのだ。

「そうか、君はそこを気にするんだ」

「え……？」

「ラーナシュを助けてやってほしいって説得しにきたんだと思っていたんだよ。違う？」

茉莉花は、眼を見開く。

「わたしは、陛下のお話を聞きたかったんです。ラーナシュさんを助けたいとは思っていますが、それは自分に可能な範囲でするつもりです」

珀陽は少し考えたあと、ゆっくりくちを開いた。

「……茉莉花にしては珍しいことを言うね」

意外だと珀陽が驚くので、茉莉花は笑ってしまった。そこまでお人好しに見えていたのかと、今度はこちらが意外な気持ちになってしまう。

「ラーナシュさんとは、お互いさまで恨みっこなしの関係なんです」

それぞれに大事なものがある。それでいいと決めてある。

「陛下、わたしはラーナシュさんのお話をしにきたのではありません。貴方のことを知りたくてきたのです」

かつての茉莉花は、珀陽と接点をもちたくなくて、できるだけ避けていた。その茉莉花が、珀陽のことを知りたいと自ら執務室にくるようになった。

珀陽にとって、これほど嬉しいことはない。

「……小さいころ、皇帝になりたかったという話はしたよね」

「はい。皇子なら誰でも夢見るものだと陛下はおっしゃっていました」

男の子はみんな科挙試験を目指す。きっとそれと同じことなのだろう、と茉莉花は解釈した。

「私は、皇子という身分を代償にし、臣下になる覚悟を決め、文官と武官の未来を手に入れた。そのとき、妥協するという挫折を味わった」

茉莉花にとっては、科挙試験と武科挙試験に合格することが『挫折』になるのは、贅沢すぎるという感覚だ。皇帝になるために生まれた、と言われている珀陽の感覚に、圧倒されてしまう。

「挫折は、人間として成長できるきっかけにもなる。もしも私が挫折せずに皇帝になっていたら、四カ国統一を目指した気がするよ」

「え⁉ 陛下は統一派だったのですか……⁉」

「これもまた理由はないけれど、皇帝になったらそうするものだという感覚なんだよね」

珀陽に説明されても、茉莉花はよくわからなかった。

（文官になったのなら出世して宰相になりたい、という感覚に近いのかしら。それならまだなんとか……！）

珀陽の考え方は、きっと皇族という特殊な育ちがかなり影響している。

理解したいのなら、もっと珀陽の周りにも眼を向けなければならないのだろう。

「……でしたら、即位したあと、四カ国統一を諦めたのはどうしてですか？」

「う～ん、私が皇帝になれたのは、皇帝になることを一度断念し、科挙試験と武科挙試験を受けて合格したからだ。……つまり、四カ国統一を考えるような夢見る皇子では、皇帝になれなかったということだよ」

珀陽は楽しそうに笑ったあと、部屋の中にある白虎神獣の屏風を見る。

「白虎神獣は私をよく見ている。皇帝になりたいのなら、大きな挫折を経験するという代償を差し出し、諦めて次の道を探すという覚悟をし、それに加えて科挙試験と武科挙試験に合格するための努力をし、結果を出さなければならなかった。……あっさり皇帝になれた歴代の皇太子と違って、私はなかなかのものを白虎神獣に支払ったと思わない？」

皇太子はよほどのことがない限り、そのまま皇帝になる。

しかし、珀陽は先の皇帝や皇太子である異母弟と違い、皇帝になるまでの道のりがあまりにも険しいものだった。

（陛下は、皇帝になるために生まれてきたような人だと言われている。けれど、それは結果だけを見た発言でしかない）

大きなものを手にするための覚悟と代償は、茉莉花の通ってきた道にもあった。

文官という未来は、女官をしながらの穏やかで安定した生活を捨てなければ、手に入れることはできない。

だから、そこだけは珀陽の気持ちを理解できる。

「皇帝になったあとの私は、もう欲張る気にはなれなかった。でも、かといって、皇帝としてやりたいことがあったわけでもない。皇帝になれと言われたあと、かなり悩んだよ」

珀陽は、皇太子が大きくなるまでの期間限定の皇帝だ。皇帝でいられるのはあと十年ぐらいだろう。十年は長いようで短い。

（……陛下は、焦っているのかな）

珀陽は、戦争という金も時間もかかるようなことをしたくない。

きっと赤奏国の皇帝である暁月も、余裕のなさから、戦争を避けたい。

だからこそ珀陽と暁月は、あれだけ性格が違っても上手くやれている。

（陛下は、赤奏国のような信用できる同盟国を、できるだけ増やしたいはず）

隣国ではないからこそ、叉羅国とは上手くやれるはずだ。あとは……。

（今の叉羅国と同盟を結んでも、白楼国の得になるようなことはほとんどない。なら、得

になるものをラーナシュさんが差し出せばいい。けれど、ラーナシュさんにとってあまりにも大きい代償になるわ)

茉莉花がここで考えても意味はない。決めるのはラーナシュだ。

「……陛下、明日もう一度だけ、ラーナシュさんとの会談の時間をとれませんか？」

白楼国のためになることと、ラーナシュの望みを叶えることが両立するのなら、全力を尽くそう。

(そのための禁色の小物だもの……！)

以前の自分だったら、珀陽へ意見できずに引き下がった。眼の前の仕事を誠実にすべきだと、眼の前ではなく足下を見ただろう。

(わたしにとっての『眼の前』が変わっているのかもしれない)

眼の前に珀陽がいる。珀陽に認められた未来の側近としての声が届く。

やるべきことのために、利用できるものは全部使いたい。

「茉莉花の頼みなら聞いてあげたいけれど、その代償は？」

珀陽の満面の笑みに、茉莉花は言葉に詰まってしまった。

ただの新人文官では、珀陽がほしがるようなものを差し出すのは難しい。

「ええっと……」

一芸に秀でていれば、琵琶の音色を聞かせるとか、素敵な詩歌を即興で披露するとか、剣舞を見せるとか、なにかできただろう。

(『ちょっと物覚えがいい』では、こういうときになにもできない……!)

菓子づくりはするけれど、趣味ともいえない程度のものしかつくれない。茶を入れる技術もごく普通だ。

どうしようと悩み始めると、珀陽が声を立てて笑った。

「そこまで悩まれると、私が悪い男になってしまう。……明日、ラーナシュとの会談の場をつくる代わりに、落ち着いたら叉羅国での茉莉花の話を聞かせてくれたらいいよ」

珀陽が求めたものは、茉莉花の話だ。

「……そんなものでいいのですか?」

「報告書には書かれないようなことも、全部知りたいんだ。茉莉花が私を理解しようとして話を聞きにきたように、私も茉莉花のことを理解するために茉莉花の話を聞きたい。茉莉花ばかり私を知るなんてずるいだろう?」

子どもっぽい言葉を選ばれて、茉莉花は笑ってしまう。

知りたいと思ってくれたことが嬉しくて、くすぐったい気持ちになった。

「君は成長中で、ほんの少しでも眼を離せば、手綱を取りきれなくなる。昔のことも今のことも、茉莉花のことはなんでも知っておきたい」

暴れ馬のような扱いをされ、茉莉花はいくらなんでもそこまでは……と苦笑する。

(叉羅国では「どぶねずみ」と言われたこともあったわ。人によって、わたしの印象は大きく変わるのね)

報告書に、「シヴァンからどぶねずみと言われた」なんて書くことはない。きっと珀陽は、そういう報告書に書かれない話を聞きたいのだろう。

「茉莉花の話も楽しみだけれど、まずは明日を楽しみにしているからね。きっと君は、叉羅国でまた成長しただろうから」

「明日……ですか？」

茉莉花の予定には、ラーナシュの出立を見送ることぐらいしかない。なにかあっただろうかと首をかしげてしまう。

「茉莉花はこのあと、ラーナシュと作戦会議をするよね？」

「……え？」

「君は、私の『叉羅国と同盟を結ばない』という決定を覆す覚悟を決めた。だから代償を支払い、ラーナシュとの会談の場を設けた」

珀陽の金色の瞳が細められ、くちの端が上がる。

それは、皇帝としての穏やかな微笑みや、女性が喜ぶような爽やかな微笑みではない。かつて茉莉花にときどき向けられていた、なにかを企んでいるときの微笑みだ。

「話の途中で、茉莉花の眼の色が変わった。迷いが消えた。じっと見ていればわかる」

もしも今、珀陽が白虎の姿だったら、獲物を見つけたぞ、と喉を楽しそうにぐるぐる鳴らしていただろう。

「明日、実際に喋るのはラーナシュでも、今夜遅くまでその準備をするのは茉莉花だ。茉莉花と戦うのは初めてだね」

「いっ、いえ、そんなつもりは……！」

珀陽に刃向かうつもりはまったくなかったので、茉莉花は慌てて首を横に振る。

「すべてのことに『御意』と言わせるような皇帝になるつもりはないよ。茉莉花がよりよい方法があると判断したのなら、全力で立ち向かってきてほしい」

改めて言葉にされると、茉莉花はとんでもないことをしている気がした。胃がきりきりと痛み始める。

「——私を、文官として、負かしてみてくれ」

絶対に勝てない予感がして、「はい」と頷けない。

「全力を尽くします……」

あれだけの覚悟を決めたのに、茉莉花のくちから出てきたのは、なんとも情けないお得意の曖昧な決意表明だけだった。

# 第三章

翌朝、珀陽は朝議のあとにラーナシュを呼び出す。

いつになるかわからないと言いつつも、ラーナシュのために早めに時間を取ってくれたのだ。

「白楼国の皇帝殿、二度目の会談の場を設けてくれたことに感謝する」

ラーナシュは、今回も茉莉花を自分の補佐として会談に同席させたいと頼んでいた。

珀陽も前回と同じように、茉莉花の貸し出しを許可したので、茉莉花は緊張しながらラーナシュの傍に立っている。

「早速だが、俺の願いはただ一つ。白楼国と同盟を結びたい。もう一度考え直してくれ」

ラーナシュは、昨日と同じ望みをくちにする。

珀陽は穏やかに微笑んだまま、昨日と同じ返事をした。

「断る」

ただ要望を伝えるだけでは駄目だと、ラーナシュもわかっている。

新しい『覚悟』と『代償』を珀陽に見せなければ、なにも始まらない。

「皇帝殿、まずは問題を整理させてもらおう。皇帝殿がサーラ国との同盟をためらうのは、二重王朝問題があるから、白楼国のためにならないから。この二つでいいか？」

「そうだよ。他にもあるけれど、最も大きな理由はその二つだ」

二つだけではない、と珀陽は釘を刺した。

「ならば最初はこの二つの攻略だな」

これはラーナシュにとって圧倒的に不利な交渉だ。しかし、昨日とは違い、ラーナシュは自信に満ちあふれている。

茉莉花は、演技だとしてもこの心の強さはすごい、とうしろで感心していた。

（実はまだ、細かいところが決まっていないなんて、陛下には言えないわ）

茉莉花とラーナシュの相談によって決まった二重王朝の統一のための作戦は、まだ三つしかない。

『茉莉花の物覚えがいいという能力を使い、新しい光の神子を誕生させ、都合のいいお告げを言わせる』と『シヴァンが協力してくれるので、司祭の多数決になれば勝てる』と『お告げによって、正しい血統の王を減らし、王朝を統一しなければ正しい王が生まれないことにする』だ。

新しい光の神子に関しては、ラーナシュが不敬だという理由で嫌がるかもしれないと思ったけれど、「やろう」と言ってくれた。

——過去に似たようなことをやろうとした司祭もいただろうし、俺もシヴァンも新しい光の神子をつくれるのであれば絶対につくっただろうな。

あくまでも光の神子は『神の代弁者』であって、神ではないという感覚なのだろうか。

あとでじっくり聞いてみよう。

（今は……）

ラーナシュと珀陽の会談を見守り、その結果を見届けなければならない。

「二重王朝問題については、解決策がある」

「へぇ？」

珀陽が眼で「言ってみろ」と挑発する。

ラーナシュは怯むことなく、言える範囲で策を明かした。

「同盟国の皇帝殿ならともかく、今の段階ではすべてを明かせない。だが、『血統の正統性』と『婚姻』というものは、二人の王を一人の王にする解決策としてよく使われる」

ラーナシュは、二つの王朝の家系図を珀陽に見せる。それは昨夜、茉莉花が白楼語で書き直したものだ。

珀陽は、ラーナシュがどうするつもりなのかを、それだけで理解した。

「なるほど。今の状況を都合よく利用できそうだし、よくある話でもある。けれども、二人の国王とその周囲が受け入れるかどうかは、また別の話だね」

茉莉花がラーナシュと用意した策は、この五十年の間に、誰かが考えて実行しようとしたはずだと言いきれるぐらいの、よくあるものだ。

しかし、それでもどうにもならなかったことは、歴史が証明している。

「三司を使い、国王陛下たちを説得する策もある」

「策もある、か。話し合いをしたら、納得できるとでも？　説得で首を縦に振らせることができるのなら、もっと前に王朝統一ができていたはずだけれどね」

説得だけでは、もうどうにもならないところまで、家同士の憎しみが絡み合った。

今回の作戦はあくまでも『二重王朝の統一』のみを実現するものだ。三司の因縁はこのまま放置するしかない。

「俺は光の神子の伝説も利用するつもりだ」

「たしかに、司祭なら光の神子を『つくる』ことも可能だろう」

賢い子どもにそれらしいことをさせる。神子だと司祭たちが崇める。

それから『光の神子によるお告げ』という形で、二重王朝を一つの王朝にするための解決策を言わせるのだ。

「新しい光の神子の言葉をどれだけの人が信じてくれるのか、私には不安しかないよ」

「それも問題ない。我が国には光の神子の再来を求める儀式がある。三百年間、神子候補の命を失うだけになっていた儀式だが、マツリカがいれば上手く利用できる」

暗闇の中、わずかな手がかりを元に、茉莉花が道を覚える。

そんなことは誰にもできないという前提があるから、できてしまう神子候補がいれば『光の神子』として確実に認められるはずだ。

「茉莉花、上手くいく可能性はどのぐらいだと思う？」

珀陽は、ラーナシュではなく茉莉花に尋ねた。

茉莉花は白楼国の文官だ。ラーナシュのための嘘はつけない。

「現時点では、上手くいく可能性は高くありません。しかし、絶対に無理でもありません」

茉莉花の判断を、珀陽は信じた。信じた上で改めて答える。

「私は危ない賭けに出る気はない。叉羅国を支援したけれど、賭けに負けて双方の王から恨みを買ったなんてことは、絶対に避けなければならないんだ」

赤奏国は隣国で、珀陽はああしろこうしろと指示を出しやすく、突然なにか起きても対応できる。

けれども、叉羅国は遠い。信頼した相手にすべてを任せるしかないのだ。

（白楼国と同盟を結びたいのなら、ラーナシュさんがこの場で陛下の信頼を勝ち取るしかない）

珀陽を頷かせるための『覚悟』と『代償』が、ここで必要なのだ。

「たしか白楼国には、『虎穴に入らずんば虎児を得ず』という言葉があったはずだ。今の状況ならば、『虎穴に入らずんば同盟を得ず』だろうな」

ラーナシュが自信満々に言いきったので、茉莉花は慌てて囁いた。

「ラーナシュさん！　虎児は虎の子というわけではなくて、この場合は価値あるものという意味なので、元の言葉をそのまま使用しても大丈夫です！」

「なに⁉　そんなに虎の子は貴重なのか⁉」

「貴重というか、それだけ親に大事にされているという意味ですので……！」

ひそひそと解説されたラーナシュは、白楼語は難しいなと真面目な顔で頷いた。

「まぁ、言いたいことは伝わっただろう。俺には白虎の穴に入る覚悟があるということだ。三つの策を使っても、誰もが納得できる形での王朝統一ができなかったときは……」

ラーナシュは深呼吸をする。

茉莉花からの助言をもらったあと、一晩ゆっくり考え、ようやく決断できた。

「──俺がサーラ国の王になる」

この先の人生をすべて珀陽に渡すという覚悟を、ラーナシュは珀陽に宣言する。

司祭として王を支え続けるつもりでいたラーナシュは、王になろうと思ったことが一度もない。だからこそ、今のすべてを賭けなければ珀陽は動かないのだと茉莉花から聞かされたとき、無理だと首を振った。

——俺は司祭だ。国王陛下の儀式を取り仕切ることが仕事だ。その俺が王になるなんてありえない！

茉莉花は、ラーナシュに判断を委ねた。

叉羅国を救いたいと願うのも、そのためにどの道を選び取るのかも、それはラーナシュが一人で決めることだ。

——赤の皇帝陛下は赤奏国を救うために、一度も望まなかった皇帝の座に就く決意をしました。異母兄たちを手にかけました。あの方には、それだけの覚悟があったんです。

大きなものを手に入れるための代償は、勿論とても大きい。

当たり前すぎる現実を前にしたラーナシュは、しばらく迷わせてくれと言った。

（きっとラーナシュさんは、ぎりぎりまで考えた。……けれど、もう決めた）

誰からも理解されないという孤独を、これからも貫き通すのだろう。

「……王になるという意味を、君は本当にわかっているのかな？」

珀陽は、ラーナシュの覚悟に驚かなかった。微笑んだまま静かな声で問いかける。

「わかっている。白楼国の支援を受けて俺がサーラ国の新しい王になる。俺がサーラ国の王になったら、俺は白楼国のためになることをしなければならない。そういうことだ」

「どんなに理不尽なことを頼まれても、君は『わかった』以外の言葉が言えない。対等ではない関係が続くこともわかっている？」

「勿論だとも」

皇帝である珀陽は、異国の司祭との交渉なんて、そもそもする気がなかった。

ラーナシュの上に、王というものが存在している。ラーナシュは珀陽よりも自国の王を必ず優先する。そんな相手との約束なんてできない。

けれども、ラーナシュが王になるつもりなら、話は変わる。

「王になるためには、王を討たなければならない。君の手で殺すということだ。君にできる？」

ラーナシュに野心というものがないことは、珀陽もわかっていた。

野心があるのなら、王の証（コ・イ・ヌール）を使って「俺を王にしてくれ」と最初から頼めばいいだけの話だ。

「……できるとも！」

ラーナシュは、昨夜からずっと考えていた。

——自分が守りたいものはなんだろうか。家か、王か、民か。

守りたいものによって、自分のやるべきことが変わる。

家を守りたいのなら、一族のみんなで叉羅国を出て行くのが一番だ。

王を守りたいのなら、滅びる叉羅国から王を抱えて出て行くべきだ。

民を守りたいのなら、家や王を犠牲にしなければならない。

「言っておくけれど、君が殺さなければならない相手は、王だけではない。あとで面倒なことにならないよう、君は王家の一族と他の司祭の一族をすべて殺す必要がある」

「……っ！」

茉莉花は、それはいくらなんでもと言いかけたが、なんとか堪えた。

（ラーナシュさんは、赤の皇帝陛下と決定的に違うところがある……！）

暁月とラーナシュの違いは『血統』だ。暁月は皇帝の子である。皇帝になれる資格をそもそももっていた。しかし、ラーナシュは司祭の家の生まれで、王家の子ではない。

王家も他の司祭の家も、ラーナシュが王になることを絶対に認めない。そんな状況で無理やり王になれば、恨みと憎しみを買う。あとで殺される可能性がとても高くなる。

（そうならないように、恨みと憎しみの元になる人たちを排除しておく。……最善の方法ではあるけれど……！）

ラーナシュがどう答えるのかと、茉莉花が呼吸すらも止めていたら、ラーナシュはゆっくりとくちを開いた。

「ああ、すべてを俺の手で殺そう」

重たい決断をしたあと、ラーナシュは息を吐いた。

「俺は強欲だからな、国王陛下も国も家も民も幸せにしたい。上手くいけばすべてが叶う。

それに賭けるぞ」

　そして、上手くいかなかったら、と続ける。

「司祭でありながら、いつまでも王朝を統一できず、愛すべき者たちを危険にさらした責任を、俺はとる。これは俺にしかできないことで、とても格好いいことだからな！」

　用意した作戦が上手くいかなかったら、ラーナシュは王になる。王になることで叉羅国を救えたとしても、ラーナシュは自分を許せないだろう。後悔を抱えながら一生を終えることになる。

「わかった。そこまでの覚悟と代償があるのなら、支援してもいい」

　ラーナシュが二重王朝の統一に失敗しても、珀陽にとって都合のいい叉羅国の王が誕生するのなら、珀陽は叉羅国と同盟を結ぶという決断をすることができる。

「っ、心より感謝する！」

　ラーナシュは、大きな代償と引き換えに、叉羅国の存続だけは手にした。

　しかし、まだ笑顔でよかったと言える場面ではない。ラーナシュにはやらなければならないことがたくさんあるのだ。

「皇帝殿、すぐにサーラ国へ軍を派遣してくれ。今なら間に合う！」

　もう叉羅国とムラッカ国は開戦したかもしれない。だとしても、叉羅国が負ける前に白楼国の禁軍が動いてくれたら、被害が最小限ですむ。

ラーナシュは「今日中に！」という勢いだが、珀陽はまったく動かなかった。

「禁軍の派遣は、今すぐにはしない。叉羅国の民が助けてほしいと思わないうちに助けてしまったら、民は感謝するどころか、『余計なことをしやがって』と言い出すからね」

異国人を嫌う叉羅国の民の気持ちを、珀陽はよくわかっている。

同盟を結んだとしても、白楼国のためにならないことは絶対にしないと、珀陽はラーナシュに突きつけた。

「だが！　このままでは民が死ぬ！」

戦争での被害を少なくするために、ラーナシュは急いで白楼国まできたのだ。はいそうですか、と引き下がれるはずがない。

「そうだよ。だから君が国内の意見をできるだけ早く統一してくるんだ。全員残らずというのは難しいだろうから、王と司祭の意見統一ぐらいで妥協しよう。私はね、感謝もお礼も言われないお節介をする気はないよ」

実際のところ、白楼国も今すぐの禁軍派遣は無理だ。

まずは叉羅国との同盟を官吏たちに納得させなければならない。それから、禁軍を遠方へ派兵するための食料の手配や野営地の確保といった事前の準備を、しっかりする必要がある。

「とりあえず、誓約書を書いてもらおうかな」

茉莉花は急いで紙と筆と硯を用意し、墨をすった。

珀陽は誓約書の原文を迷うことなく書き、それをラーナシュに渡す。

「これと同じ文面を君の字で、叉羅語と白楼語で二枚ずつ書いてくれ。叉羅語が正しいかどうかは、茉莉花が確認するから大丈夫だよ」

珀陽は、同盟を結ぶ可能性も考えていたのだろう。

珀陽にとっての茉莉花は、ラーナシュの通訳補助でもあるけれど、ラーナシュが小細工をしないように見張る役目もあったのだ。

「ああ、筆跡を変えようなんて考えない方がいい。茉莉花に筆跡も確認してもらう。『誰かが俺のふりをして書いた偽の文書だ』と騒いでも無駄だ」

大事な会談の場に、叉羅語ができる経験豊富な礼部の文官が同席せず、茉莉花が同席することになったのはなぜか。

自分を助けるはずの茉莉花によって苦しめられることを、珀陽は笑顔でラーナシュに教えたかったのだ。

（うわぁ……）

珀陽とラーナシュは『交渉』をしている。

ラーナシュは自分の要求を相手に呑ませることに成功した側で、珀陽は交渉で自分の意見を変えた側だ。しかし、よく考えてみれば、珀陽はほしいものをすべて手に入れていて、交渉の主導権も握(にぎ)り続けている。

(……もしかして、これはすべて陛下の作戦通りなのではないかしら)

珀陽は、白楼国にとって叉羅国との同盟は必要ないものだと、一度はそこまで宣言した。

ラーナシュは珀陽の決定を覆(くつがえ)すことができず、絶望した。

茉莉花がラーナシュに協力することも計算に入れていた珀陽は、茉莉花を使って『覚悟と代償によっては同盟を結べるかもしれない』という希望をちらつかせる。

ラーナシュは、その希望にすがるしかなく、自分の意思で覚悟と代償を決め、同盟締結(ていけつ)のための条件を呑んだ。

(ラーナシュさんが最初から陛下に『王朝の統一が無理なときは国王を殺せ』と言われていたら、怒(おこ)って国に帰ったかもしれない。でも、絶望のあとに『自分の努力次第』という希望を見せられてしまうと……)

がんばれば同盟が結べるかもしれないと、そう思いこまされた。

(陛下に『負かしてみてくれ』と言われた時点で、わたしもラーナシュさんも陛下に負けていたんだわ)

人の心の葛藤(かっとう)や絶望、それから希望にすがる気持ちを、珀陽は見事に利用した。

「……皇帝殿、性格が悪いと言われたことはないか?」

ラーナシュが、茉莉花の気持ちを読んだかのような言葉を放つ。

茉莉花はひえっと息を呑んだ。そこまではっきり言ってしまっては駄目だ。

「ラーナシュさん……！　そこは『いい性格をしている』という言葉が適切です……！」

「それでは褒め言葉になるだろう。俺は皇帝殿の悪口を言いたいんだ」

「いいんです！　こんなときに褒め言葉を使えば、きちんと嫌みになります。あ、『嫌み』というのは、遠回しに相手の悪口を言うことです！」

茉莉花が小声で指摘を入れれば、ラーナシュはそうなのかと納得してくれた。

「すまない、先ほどは言葉を間違えた。皇帝殿はいい性格をしているな」

この場に相応しい嫌みをくちにしたラーナシュに、茉莉花はそうだけれどそうではないと心の中で呟いた。できれば、嫌みは心の中で言ってほしい。

「ありがとう。みんなによくできた人物だと褒められるんだよ」

珀陽は嬉しいなと言って優雅に微笑む。

ラーナシュは、茉莉花を見て「効いていないではないか！」と眼で抗議をした。

(陛下に効果のある嫌みなんてないということも、言うべきだったみたい)

あとで『面の皮が厚い』という白楼語をラーナシュに教えることにした茉莉花は、得意技の一つである曖昧に笑うを使ってラーナシュの抗議を穏やかに受け止めた。

「ところで、茉莉花の貸出料についても話し合おうか」

「……貸出料？」

珀陽の言葉に、ラーナシュは「それはなんだ？」と首を傾げる。

「茉莉花は白楼国の文官だ。この月長城でやってほしい仕事はいくらでもある。その茉莉花を叉羅国に派遣してほしいのなら、『お願いします、貸してください』だよね？」

珀陽は微笑みながら、わざとらしく「そうそう」と言う。

「赤奏国の暁月は、茉莉花の貸出料を前払いしたんだ。彼は礼儀をわかっているなぁ」

茉莉花は心の中で「気の毒に……！」と暁月に同情した。あの人はきっと、前払いをしないと高額の利子に苦しむことをわかっていたのだ。

「同盟国への派遣だからね。勿論、割引はするよ。ああ、嫌なら茉莉花抜きで成り立つ作戦を立てて、出直してくれ」

ラーナシュは珀陽の要求に驚き……、茉莉花を見た。

「虎穴に入ったら、裸になって出てこなくてはならないのか？」

ラーナシュの言いたいことは、よくわかる。しかし、同意してはならない。

「時と場合によるのではないでしょうか……」

茉莉花はまた別の得意技である曖昧な返事をし、この場を切り抜けようとした。

ラーナシュは誓約書を作成したあと、すぐに一人で叉羅国に向かった。

茉莉花の通訳と視察の仕事は、ここで一旦終了だ。

戦争が始まる叉羅国に行く許可は、きっとしばらく出ない。白楼国でラーナシュたちの無事を祈るしかないだろう。

(今のうちに、ここでしかできないことをすませておきたい)

まずは子星に相談だ。子星に時間がほしいと頼めば、今夜にでもと言ってもらえた。

夜、指定された食堂に向かうと、もう子星がきている。その隣には春雪もいて、驚いた顔をしていた。

「なんで茉莉花が……!?」

春雪は、子星の仕事の手伝いの礼だと言われて連れてこられたらしい。

茉莉花はその説明を聞きながら、春雪側に座った。なぜか春雪に嫌そうな顔をされた。

「さぁ、たくさん食べてくださいね」

まずは春雪に話せる範囲での近況報告をする。

叉羅国が危なくなったので急いで戻ってきた……という茉莉花の話はすんなり信じてもらえ、無事でよかったねという言葉を二人からかけてもらえた。

「叉羅国が落ち着いたらまた行くかもしれないの。今度こそお土産を買ってくるわね」

「いや、別にいらないし」

「茉莉花さんの無事が一番のお土産ですよ」

茉莉花は、首都を離れていた間の同期の話や、月長城で起きた笑える話を聞く。それでは食後の茶を……というところで春雪が立ち上がった。

「僕、明日の朝が早いので、これで失礼します」

「研修があるんですよね。お疲れさまです」

子星はまた明日と春雪を快く送り出す。茉莉花もがんばってねと笑顔で見送った。

「子星さん、春雪くんも誘ってくださってありがとうございました」

「偶然ですよ。春雪くんにはいつも手伝ってもらっているので、そのお礼です」

子星はきっと、忙しくて友人たちとの時間がとれない茉莉花を気遣い、わざわざ春雪を呼んでくれたのだろう。

「それではお茶でも飲みながら、相談というものを聞きましょうか」

「はい！　あの、これを見てください」

茉莉花はつたないなりに描いた坑道の地図を広げ、子星に見せた。

「坑道を見たまま覚えたつもりなのに、頭の中で繋げていくと、どこかがずれてしまうんです。見ているときはただの面でも、実際には厚みがあるので、それをきちんと捉えきれていないからずれが生じるのかな……と」

言いたいことをわかってもらえるだろうか、と不安になる。

　しかし、子星はあっさりなるほどと頷いてくれた。

「茉莉花さん、あちらを見てください。花の模様がありますよね」

　子星に奥の壁を指差され、茉莉花は振り返る。

　四つの花びらを組み合わせた模様が、一定の間隔で壁に描かれていた。

「すぐ右手の壁にもありますよね」

　茉莉花と子星がいる卓の横の壁にも、同じ花模様がある。

「同じ花模様に見えますか？」

「はい」

「その通り、同じ模様です。でも、大きさは違って見えましたよね？」

「あっ……！」

　茉莉花の横にある花模様の大きさと、奥の壁にある花模様の大きさは、見た目が明らかに違う。

「距離があるから……」

「そうです。近くにあるものの大きさと、遠くにあるものの大きさは、単純に比べてはいけません。見たままを繋ぎ合わせると、ずれが生じてしまいます」

　同じ大きさの模様であれば、見た目の大きさが違っていても、ずれを修正できる。

　同じ大きさの模様がなければ……坑道のように岩肌が続いていて、基準にできるものがなければ、『遠くにある小さく見えるもの』を『小さいもの』として認識し、そのまま繋げてしまうのだ。

(意識したらある程度の修正はできるけれど、正確な修正にはならない)

原因がはっきりしたけれど、対策できるかどうかは怪しい。

茉莉花が困っていると、子星は懐から筆記具と紙を取り出した。折りたたまれた白い紙を広げ、茉莉花に筆を渡してくる。

「茉莉花さん、このお店の間取りを覚えてみてください。ついたてで見えないところは描かなくてもいいので、描ける範囲で」

「はい」

隅の卓についていた茉莉花は、店内をぐるりと見渡したあと、筆を手にとって間取りを描いていく。

――卓があって、椅子があって、ついたてがあって、調理場がある。ここに出入り口があって……。

一度見ただけで覚えられる茉莉花は、一気に描き上げた。

子星は描き終わった間取りを見て、よくできていますと褒めてくれる。

「茉莉花さんは田舎育ちでしたよね？」

「はい」

「野山という規則性のないものに囲まれて暮らしていた人は、『横から見たものを上から見たものに直す』ということができるんですよ。大丈夫、特別な訓練は必要ありません」

上、と言ったときに、子星は指で紙を突いた。

「街で暮らしていると、四角い建物や整備された道路、城壁といったものが必ず目に入ってくるので、大きさの目安があることに慣れてしまうんです。目安がないところでも戦わなければいけない武官たちは、横から見たものを上から見たものに直すという訓練をして、きちんと鍛えるみたいですよ。でも、文官にとってはそこまで必要になる能力ではないので、わざわざ訓練させることはないんですよね」

子星は、必要がなくても知っているし、人に教えることもできる。

この人は、いつもどんな景色を見ているのだろうか。

「茉莉花さんは坑道を一人で歩くんですか？」

「いえ、案内人がいます。わたしはそのうしろをついていき、一度で正しい道を覚えなければならないんです」

「なら目印なんていくらでもありますよ。想像してみてください。目の前に、変わらないものがずっと歩いているんです」

「……あ！」

茉莉花の悩みを、子星はいとも簡単に解決してしまった。

『天才』という言葉では、子星を言い表せそうにない。

「子星さんの考え方ってどうなっているんですか⁉」

「私ですか？」

「習わないことをどこで学んでいるのかな……と」

子星は、茉莉花の見取り図をよくできていると褒めた。それはつまり、横から見ただけで上から見た図を正確に書ける力があるのだ。

どうしてこのような力を得ようと思ったのだろうか。子星のきっかけが気になった。

「……う〜んと、私の頭の中に、『国』があるんですよ。それをよく上から見ているので、自然と身についたんでしょう」

頭の中に国がある、という衝撃的(しょうげきてき)な言葉に、茉莉花は固まる。

「国……ですか？」

「はい」

「いつから……？」

「小さいころからというわけではないですよ。あのころは頭の中で街づくり遊びをしていただけです。だんだんと規模が大きくなって、今は国に」

穏やかに微笑まれたけれど、茉莉花は穏やかな気持ちになれない。

(国……⁉　頭の中に国がある⁉)

子星は、頭の中にある国をどの角度からも見ることができるし、その国には道を歩く人も、商売をしている人も、国を支えている官吏も存在しているのだろう。

(答えがすぐにわかるって、そういうこと!?)

頭の中にある国を動かせるのなら、難問に遭遇したとしても、それは子星にとってもう見たことがあるものか、「ちょっと頭の中で試してみようかな」ぐらいのものなのだ。

「茉莉花さんだって国ぐらいつくれるでしょう?」

子星があっさりと恐ろしいことを言うので、茉莉花は慌てて首を横に振った。

物覚えがいいという能力によって頭の中で建物や地形を再現できたとしても、そこで生きる人の再現までは難しい。

「国はちょっと……。お店ぐらいならなんとか……」

頭の中にこの店をつくってみたけれど、人の動きがぎこちない。それはきっと『知らない』からだ。

(もっと色々なことに興味をもたないと駄目みたい)

これを小さいころから当たり前のようにしていた子星は、今もきっとありとあらゆることに興味をもち、よく観察し、頭の中で試しているのだ。

「茉莉花さんなら、慣れたら国もつくれますって」

「いいえ、今、このお店でやってみましたけれど、とても難しいです!」

もし国をつくれるのなら……と茉莉花は考える。

子星と自分で、頭の中での外交というものもできるかもしれない。

そんなことを思っていると、茉莉花の思考を読んだかのように、子星が「でしょう」という嬉しそうな顔をしていた。


珀陽の一つ年下である異母弟の冬虎は、珀陽の命令に従って『封大虎』という偽名を使い、御史台で働いている。

御史台というのは、官吏の監査を担当する組織のことだ。

監査という特殊な仕事をする者は、官吏のしがらみにとらわれない大虎のような皇族や、その関係者が多い。そういう事情もあって、御史台に配属された官吏は多くの皇族との縁を得られるので、若いときに配属される官吏は、立身出世を期待されていると言われている。

その立身出世を期待されている若手官吏の一人が、苑翔景という文官だ。

翔景は禁色の小物をいつかは与えられると囁かれている有能な文官だが、大虎にとっては苦手な存在であった。

「食事につきあってくれ」

翔景から食事に誘われた大虎は、迷うことなく断った。

「ごめんね、忙しくってさ」

「そこの長椅子でごろごろしながら赤色の訂正が大量に入った報告書を眺めるという大層忙しい仕事なら手伝ってやろう」

翔景は大虎の報告書を見ると、赤色の文字を確認し、さっと書き直す。

「あっ！　そういうことをするのはやめて！　恩を押しつけないでよ！」

「ほら、終わったぞ。書き写してもっていけ。お前の頭の程度に合わせておいたから、ため息と共に受け取ってもらえるだろう」

「そういう無駄な配慮、やめてくれる⁉」

大虎は文句を言いながら、直してもらった報告書を渋々受け取る。

今夜が提出期限なのに、書き直す気になれなくてぐだぐだしていたから、翔景のお節介はありがたかった。でも、きちんと裏があるので恐ろしくもある。

「……食事って、御史台の仕事の話？」

「違う。ひどく個人的なものだ」

大虎がやる気なく報告書を書き写す横で、翔景が誘った理由を語り出した。

「子星さんと茉莉花さんが食事に行くらしい」

「へぇ」

「見に行きたい」

「そういうの、やめなよ」

翔景には悪い癖がある。尊敬している人の私物をこっそり磨いたり、安物や壊れそうになっている私物をより高価なものへ勝手に買い換えたりするのだ。そして、いらなくなった古い方をもち帰り、夜中に布越しに取り出して眺め、にやにやしているらしい。

茉莉花と子星は、翔景の『尊敬している人』だ。まさか、使った皿でもほしいのだろうか。

「今夜、二人が恋仲になるかもしれない」

「え？　まだ茉莉花さんの好きな人が子星かもって疑っているの？　絶対にないでしょ。だって子星だよ？」

「子星さんは尊敬できる人だ。茉莉花さんが恋をしても不思議ではない」

「絶対にないって。恋と尊敬は別」

茉莉花の好きな人は、珀陽の方がそれらしい。珀陽が女の子にどれだけきゃあきゃあ言われているのか、大虎はよく知っている。

「しかたない。なら一人で行こう」

「……待って！」

勝手にしてよと大虎は言おうとしたけれど、有能だけれど趣味が悪すぎる翔景が暴走したら、茉莉花と子星が可哀想だ。二人の困惑している顔が簡単に想像できてしまう。

「わかった……。僕も行く。……そもそも、なんで僕を誘ったの？」

「私が一人で動くと、監査だと思われるかもしれない」

「なるほどねぇ。僕となら『友だちときた』に見えるってことね」

翔景は、自分が他人からどう見られているのかを自覚しているらしい。それはいいことだ。

（それにしても……、翔景に友だちはいないのかな？）

可哀想だな、と大虎はちょっと同情してしまった。しかし、店に着いてからは、翔景の妙な動きに翻弄され、その同情が吹き飛んだ。

「ねぇ……！　恥ずかしいからやめてよ……！」

小声で叫ぶという器用なことを、大虎は翔景にしてみせた。

けれども翔景は、ついたてに身体を張りつけたまま耳を澄ませるという行為をやめない。

店の人に見られたら、見回りの兵士を呼ばれるかもしれないのに、翔景は強すぎる心臓でその姿勢を維持する。

「お前は食事でもしていろ」

「いやでも、だって……！」

茉莉花と子星の食事会は二人きりだと思っていたけれど、茉莉花の同期である『鉦春雪』もきていた。その時点で、茉莉花と子星の間に恋心というものがないとわかってしまうのに、翔景はまだわからないようだ。

「あ、鉦春雪が帰った」

「ようやく本題に入るな。このときを待っていた」

「……って、お店の人の足音！　翔景、席に戻って！」

「今いいところだ」

「やめて！　お願いだから！」

大虎はしかたなく小銭を床にばらまいた。これで不自然な姿勢をごまかすしかない。

「お茶をおもちしました～って、あら？　手伝いましょうか？」

優しい女性店員に、大虎はこんなときでなければ名前を聞いて、今度また君がいるときに食事をしたいなと一気に攻めるのだが、今はそうもいかない。

「大丈夫です！」

お金を拾っていますという顔で、店員に愛想笑いを浮かべる。

店員は大虎の言い訳を怪しむことなく、茶を置いたらすぐに別の卓へ向かった。

「は～……、もう、なんで僕がこんなことを……」

大虎もついたてに耳をつけ、子星と茉莉花の会話を聞いてみる。どうやら二人は難しい話をしているようだ。

『距離があるから……』

『そうです。近くにあるものの大きさと、遠くにあるものの大きさは、単純に比べてはいけません』

　これは勉強の話だ、と大虎は気づいた。こんなところにきてまで子星の授業を真面目に受けている茉莉花に感心する。

　自分ならすぐ逃げの体勢に入るし、異母兄の珀陽も興味がない話なら絶対に聞き流すか、もしくは用事があると言って逃げる。

「国をつくるとか、よくわかんないんだけど。翔景は意味わかる？　……って、は⁉」

　大虎が翔景に解説を求めたら、翔景がなぜか涙を流している。今の話のどこに泣ける要素があったのか、まったく理解できなかった。

「……す」

「す？」

「素晴らしい……‼」

　どうやら、悲しくて泣いているのではなく、感動しているらしい。今の話のどこに感動する要素があったのか、やはりまったく理解できなかった。

「国をつくるという高度なことを子星さんが……！　それに、店ならつくれると、子星さ

ん と同じところに立つからこそ言えてしまう茉莉花さん……！　なんという高度な会話を……！」

大虎は茉莉花と子星の会話の内容を理解できないけれど、なんとなく状況を察することならできた。

「ああ、私もそこに行きたい……！」

「気になるなら、会話に入ってきたら？」

「駄目だ。神々の集いに、私のような人間が混ざるわけにはいかない。早く私もあの頂きにたどり着けるよう、より一層の努力をしなければ……！」

「翔景って見た目は根暗だけれど、中身は前向きすぎるよね」

有能で前向きな変態って、この世の中で一番扱いに困る……と大虎はついたてからそっと離れた。そろそろ茶が飲みごろだ。

「お客さん、お金、全部ありましたか？」

親切な店員がどうやら心配して様子を見にきてくれたらしい。大虎はにっこりと笑いながら、ありがとうと告げる。

「あっ、こっちの人は気にしなくていいよ。探している間に、埃が眼に入ったんだって」

「そうですか。大変ですね～」

大変なのは僕だよ……と大虎は心の中でこっそり呟いた。

　茉莉花は子星と共に食堂を出る。

　帰る方向が一緒の子星に「下宿先まで送ります」と言われたので、「よろしくお願いします」と遠慮なく頭を下げた。

「そういえば、茉莉花さんは陛下とゆっくり話せましたか？　私が陛下より先に茉莉花さんとの食事を楽しんだなんてことになったら、拗ねられてしまうかもしれません」

　子星が軽く笑いながら言うので、そんなことはありませんよと茉莉花も笑った。

「陛下とお話しはできたのですが、仕事の話ばかりになってしまいました」

　叉羅国との同盟を結ぶか結ばないか。

　茉莉花はずっとその問題に関わっていたので、叉羅国からもち帰った個人的な土産話はまだ聞かせていない。

「陛下とのお話は、学ぶものが多かったので、しばらくはじっくり考えたいです」

「茉莉花さんは勉強熱心ですね。でも休むことも必要ですよ」

　子星の優しさに、茉莉花の心が癒やされる。

「ですが、あまり休んでいると陛下に置いていかれてしまうので……」

「ええ？　陛下と茉莉花さんを比べたら、茉莉花さんの方が優秀な生徒ですけれどね」

子星は褒めてくれたけれど、子星は生活態度も含めて総合で評価する先生だ。かつてはかなりやんちゃな男の子だったという珀陽と比べたら、ほとんどの人が優秀判定をもらってしまうだろう。

「ありがとうございます。今朝、陛下との交渉に挑んでみたのですが、上手く利用されて終わってしまいました。人の心を作戦に組みこんでしまう陛下のやり方を、少しでも学びとれたらと思っているんです」

相手に気づかせないまま、自分の望む方へ上手く誘導していく。

茉莉花は損をしないための誘導を得意としているけれど、珀陽は得をするための誘導を得意としているようだ。

「あっ、駄目です！　陛下のあれはよくない癖ですよ。人の心は不安定ですからね。操れたらとても派手に見えますけれど、操れると思うのは大間違いです」

子星は「真似してはいけません」と、ここにいない珀陽に怒った。

「不安定なものを作戦に組みこみたいのなら、上手くいかなかったときのための第二案を必ず用意しておきましょう。勿論、その第二案は、確実なものばかりで組み立てた作戦です。でも、茉莉花さんは第一案から確実なものだけで組み立てるので、私は安心して見ていられます」

さらりと子星が『第二案』という言葉をくちにした。

(……わたしは、第二案を考えたことがなかったかも)

失敗したらすぐに評価が下がるという仕事をしていたので、これが駄目だったら次はあれにしようと思ったことがない。そのせいか、得られるものは少なくても確実に成功するやり方を無意識に選んでいる気がする。

「確実なものを積み重ねていくことはとても大切です。だから派手なことも成功するんです。陛下は効率を求めすぎるところが……って、おや?」

子星が足を止め、ゆっくりと振り返る。

「いるのなら声をかけてください」

からかうような響きに、茉莉花は知り合いでもいたのだろうかと思いながら振り返り……、眼を見開いた。

「私の悪口で盛り上がっているから、話しかけにくかったんだよ」

道の端の暗闇から出てきたのは、皇帝『珀陽』だ。

なぜこんなところにいるのかと茉莉花が驚いている横で、子星はすべてをわかっている顔で頷く。

「わかりました。お役目交替ですね」

子星はなぜか歩いてきた道を戻っていく。

どういうことだと驚いていると、子星が振り返った。

「あ、帰ったら説教ですよ。ここが治安のいい首都で、どんな相手からでも逃れられる自信があったとしても、護衛をつけずに一人で歩いてはいけません」

子星が珀陽を叱れば、珀陽は肩をすくめる。

「はいはい」

珀陽は茉莉花の横に立ち、行こうかと促した。

「あの……」

「仕事の話をしにきたんだよ。今夜を逃すと、二人きりで話せるのはどうしても明日の夜になるから。茉莉花の下宿先まで歩きながら話そう」

それなら子星が一緒でもいいし、そのあとは月長城まで子星と二人で帰る方がいい。

しかし、子星はもう角を曲がってしまったので、呼び止めることはできなくなっている。

しかたなく、茉莉花も歩き始めた。

「今回の叉羅国との同盟は、茉莉花の提案という形にするよ」

「……わたしの提案ですか？」

予想もしていなかった話が始まり、茉莉花は驚く。

「ムラッカ国が叉羅国に進軍しているという話を天河に聞かされた君が、叉羅国に恩を売りつける好機だと判断し、ラーナシュに同盟を提案し、連れてきた。——明日からは叉羅国との同盟締結について、頭の固い老人との本格的な話し合いが始まるから、その前に茉莉花と口裏を合わせておきたかったんだ」

「わかりました。……ですが、いいのですか？」

なんだか手柄を捏造したような気持ちになってしまう。

あくまでも茉莉花は、ラーナシュに頼まれて珀陽と引き合わせただけだ。

「『ラーナシュに頼まれたから同盟を結ぶ』では駄目なんだ。白楼国が同盟の話し合いの主導権を握り、叉羅国に恩を売りつける形でないと、皆が納得しない」

結果は同じなのにね、と珀陽は呟く。

「でも、結果が同じなら、叉羅国との同盟を皆で歓迎したい。賛成してくれる人をできる限り増やさないと」

気持ちよく働けるように、珀陽は皆に細やかな配慮をする。これは上に立つ者に必要な能力だ。

(気持ちよく働けるように、なんて、わたしはまだ考えられない)

ぎすぎすした空気になったとき、黙って見ないふりをした方がいいという経験ばかりをしてきた茉莉花にとって、それは難しいことだった。

「叉羅国の人たちにも、同盟を歓迎してもらうよ。そのためには『敵』が必要になる」

「敵……、あっ」

「そう。共通の敵がいれば、一致団結できるからね」

——あの子、仕事が遅くて苛つくよね。

宮女のときも女官のときも、こんな言葉をときどき聞いた。この話が始まると、周りが「私も思った」と次々に賛成していき、どんどん盛り上がっていくのだ。

「ムラッカ国には、叉羅国の領土の一部を得てもらう。叉羅国の人々は、わかりやすい敵がいる間だけはこちらに感謝するだろう。でもね、白楼国は、奪われた領土を取り返す戦いに参加しないことを、同盟の条件につけるよ」

叉羅国に恩を売りつつ、敵を残したまま撤退する。

遠い国である白楼国にとって、最高の引き際はそこだ。

「一度は危機的な状況に絶望したけれど、そこからみんなで力を合わせ、ムラッカ国に奪われた領土を取り戻しました。……——上手くいけば派手好きな叉羅国の人たちにとって最高の展開になるんじゃない？」

「派手好きって……そうでしょうか？」

「あれ？　茉莉花は叉羅国の子ども向けの絵本を読んだことはない？」

「神話の絵本を読んだことならあります」

アクヒット家で下働きをしていたとき、同室の女の子に文字を教えるため、書庫から絵本をもってきて読んだ。

絵本に描かれている神さまはたしかにきらきらしていたけれど、神さまだからそういうものだと思っていたのだ。

「神話以外の書物も読んでみて。意味がわかるから」

子ども向けの絵本を読めば、子どもの育てられ方がなんとなくわかる。

自分の考えがそこまで及ばなかったので、珀陽の助言に感謝した。

「茉莉花の作戦は堅実だけれど、叉羅国にとっては少し派手さに欠けるかもしれないね」

作戦が派手かどうかなんて、気にしたことがない。成功するかどうかだけが大事だった。

(でも……赤奏国では、わたしが立てた作戦に『こっちの方が喜ばれる』と、海成さんがいつも修正を入れてくれた。海成さんはなにも言わなかったけれど、あれは作戦を派手にしようとしていたのかも)

ありもしない作り話をどんどん作戦に付け加えていったのは、海成だ。

茉莉花の三十すぎという年齢設定や、将軍に救われた少年が大きくなってここにいるだとか、皇帝と皇后は昔出逢ったことがあって比翼連理の運命で結ばれたとか……。

「喜ばれる嘘をつくのも、派手さに繋がるのでしょうか」

「それも一つの方法だね。派手さと勢いがあれば雑なところがごまかせるから、不安なときはそれで押しきってしまうのもありだ」

「陛下がなさったように、ですか？」

珀陽は、ラーナシュに絶望を突きつけたあと、一筋の希望の光を見せて、これしかないとすがらせることに成功した。

最初からそうするつもりで動いていたなんて、今でも信じられない。

「今回は偶然だよ。第一案が、叉羅国と同盟を結ばないという無難なもの。第二案が、叉羅国と同盟を結んで恩を売り、好戦的なムラッカ国に圧力をかけ続けていくという派手なもの。今回は、第二案が失敗したときに備えて、なんでも思い通りにできる第三案も用意したけれど、それはさておき、普通は第一案と第二案の順番が逆だよね」

「たしかにそうですね」

子星が言っていた通り、普通は思いっきりやってみる第一案をぶつけて、できなかったら堅実な第二案に変更する人が多いだろう。

（わたしはどうやら堅実な第一案で終わらせてしまうみたいだから、逆に意識して派手な第二案を用意してみようかな？）

いつか、思いっきりやってみる第一案を実行できる勇気を出してみたい。

今の自分のままではどうにもならない問題に遭遇する日が、きっとくる。

「茉莉花には、また近いうちに正式な形で叉羅国へ行ってもらう。どういう役割で行かせるかはまだ決めていないけれど、同盟締結後にラーナシュを補佐できるようにしておくから」

「ありがとうございます」

光の神子の儀式の再現には、茉莉花がどうしても必要だ。ラーナシュに作戦を授けて終わりというわけにはいかない。

再び叉羅国に行くのなら、今のうちに足りないものを買い足しておこう。

「あっ」

茉莉花は小さな声を上げる。すぐにしまったという顔で、珀陽に頭を下げた。

「陛下に貸していただいたお守り代わりの上衣ですが、実は宿を襲撃されたときに焼けてしまいました。申し訳ありません」

もち出せた最低限の荷物の中に、珀陽の上衣は入れられなかった。

折角の厚意を……と茉莉花が顔を上げられないでいると、優しく肩を叩かれる。

「そんなことは気にしないで。あのお守りのおかげで茉莉花が無事だったんだよ」

とんでもない失態なのに、珀陽は前向きに受け取ってくれた。

(貸していただくのなら、もち出しやすいものにすべきだった)

情けなさに肩を落としていると、珀陽が「それよりも……」と低い声を放つ。

「ラーナシュたちがいるから、比較的安全な旅だと思って送り出したけれど、私の判断が甘かったみたいだ。出発までまだ時間がある。明日にでも女性武官を紹介するから、敵地での身の守り方を教えてもらうといい」

珀陽の親切は嬉しいけれど、茉莉花には別の心配が生まれてしまう。

「武術は得意分野ではないので、ものになるかどうか不安です……」

茉莉花の身体能力は、普通の女性程度のものでしかない。

後宮の女官時代に、妃を守るための訓練は受けたが、そのときの説明を覚えているだけだ。今から練習しても役立つのだろうか。

「相手を攻撃したり防御したりするのは、武術初心者には難しい。君が覚えるべきものは、逃げる方法だ」

珀陽は右手を左手の袖の中に入れ、なにかを取り出す動きを見せた。

「こんな風に小刀をこっそり隠しもっておけば、縄で縛られても切って逃げることができる。どこかに閉じこめられても、金具を外せるような道具をもっていれば脱出できる」

力がない茉莉花は、道具を使えばいい。

その方法を教えてもらえるなら、この先、遠いところへ行くときに必ず役立つだろう。

「絶対に生きて戻ってきてくれ。叉羅国の二重王朝問題の解決なんて、失敗してもいいんだ。君の命が一番大事だから」

珀陽の真剣なまなざしに、茉莉花は息を呑む。

生まれて初めて味わう感覚に、胸がきゅっと苦しくなった。そして、その痛みには甘さもたっぷり含まれていた。

（……『できなくてもいいよ』と言ってもらえたのは、初めてかもしれない）

できたら褒められる。できなかったら叱られる。できて当たり前だという反応しかもらえない仕事もたくさんある。そういう人生だった。

（ううん、違う。陛下は最初からわたしにそう言ってくれていた。本気でがんばったのなら太学で結果を出せなくてもいいと）

珀陽はいつだって、どんな結果になってもがっかりしないと背中を押してくれていた。

「はい、気をつけます。失敗してもいいと言っていただけて嬉しいです」

――これは、あまりにも贅沢な恋だ。

ありのままの自分を心配してくれる人が、自分の恋した人なのだから。

きっと自分は、もっと前から、がっかりしないと初めて言われたときから幸せだった。

珀陽への感謝の気持ちをこめて見上げれば、珀陽がほんの少し照れたような微笑みを浮かべる。

「――ね、手を繋いでもいい？」

まさかの申し出に、茉莉花は瞬きを繰り返した。

「それは、皇帝と文官の関係を超えていると思います」

茉莉花は遠回しに「駄目」と告げたあと、言い方が冷たかったのではないか、珀陽の気を悪くしてしまったのではないか、と不安になった。

（だって！　一緒に歩くだけなら皇帝と禁色の小物をもつ文官の密談と言えるけれど、手を繋いだらもうなにも言い訳できなくなる……！）

　手相を見ていましたという言い訳は、ちょっと苦しい。いや、かなり苦しい。

「ごめん。気をつけるよ」

　珀陽は、茉莉花の不安を吹き飛ばすような明るい口調であっさり引いてくれる。

　茉莉花は、ほっとした。けれども、どこかに残念な気持ちが残ってしまった。

（嫌だったわけではなくて、見られたらどうしようと心配しただけで……。ううん、今はまだ皇帝と文官という関係だから、手を繋ぐのはやっぱりよくないはず……！）

　どうしようとぐるぐる考えているうちに、下宿先の玄関まできてしまう。

　なにかを言いたい気持ちがあるのに、ちっともまとまらない。

「そうだ、お守りだけれど、次はこれをもっていくといいよ」

　珀陽は帯の飾りを外し、茉莉花に差し出す。

「これならなにかあっても、すぐにもち出せるからね」

　男物の上衣や外套なら、盗みに入った人を警戒させる効果があるかもしれない。でもこの帯飾りは、卓の上に置いていても見逃されてしまうだろうし、防犯には繋がらないだろう。

　燃えてしまった上衣のことを気にしなくてもいいという優しさと、なんでもいいから茉莉花の無事を願いたいという珀陽の想いが、本当に嬉しかった。

「ありがとうございます。ずっと身につけておきます」

帯飾りを受け取ってぎゅっと握りしめれば、硬い感触が手のひらに伝わる。

（……わたしも、陛下になにかしたい。白楼国を離れている間の陛下の無事を祈りたい）

しかし、皇帝へ気軽に渡せるものなんて今すぐに出てこない。ならば言葉や行動で示すしかないけれど、「気をつけてください」では物足りなかった。

（今のわたしにできること……）

珀陽の喜ぶものはなんだろうかと考えると、少し前のやりとりが頭の中に浮かぶ。

茉莉花は、おそるおそる帯飾りをもっていない方の手を伸ばし、勇気を出せと自分を励ました。

「──わたしは必ず戻ってきます。珀陽さまもどうかお元気で……」

珀陽の手に自分の手をほんの一瞬だけ重ね、指と指を絡ませる。

自分からしておきながら、指に伝わってくる温かさにどきっとしてしまい、すぐに手を離した。

今更ではあるけれど、とんでもないことをしてしまった気がして、珀陽の顔が見られなくなり、ごまかすように頭を下げる。

「おやすみなさい！　送ってくださってありがとうございました！」

本当は珀陽の姿が見えなくなるまで見送るべきだ。

しかし、叫びそうになる自分を抑えるのに必死で、そんなことはできなかった。

茉莉花は逃げるように下宿の玄関を開け、慌てて入る。

「……人の心を操るのは難しいよ、本当に」

一人残された珀陽は、茉莉花がほんの少しだけ握ってくれた手をじっと見つめる。

これが茉莉花の精いっぱいだとか、突き放すような返事になったことを気にしたんだろうとか、色々なことを考えながら、緩んだ顔で茉莉花の部屋を眺めた。

けれども、しばらく待っても灯りがつかなかったので、苦笑してしまう。

きっと茉莉花は、扉を閉めたあとに力が抜けて、まだ動けないのだ。

——その姿を想像するだけで、幸せな気持ちになれる。

わずかな触れ合いでも人はこんなに喜ぶことができるのだと、珀陽は初めて知った。

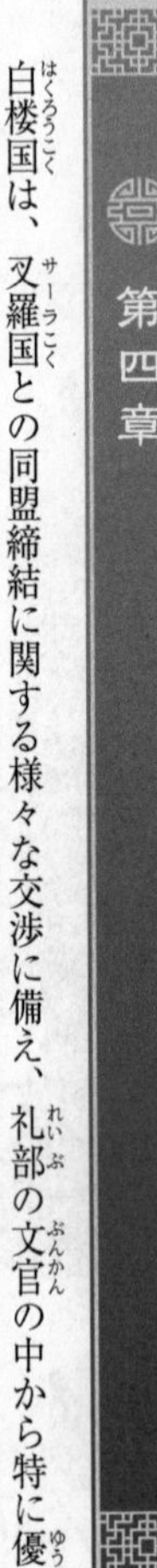


白楼国は、叉羅国との同盟締結に関する様々な交渉に備え、礼部の文官の中から特に優秀な者を集めた班をつくった。

同時に、交渉班を警護する武官の選抜も行い、交渉班と武官が必要な打ち合わせを終えたら、すぐに月長城を出発させた。

茉莉花は、その交渉班の出発よりも少し早くに旅立ち、また別の武官と共に叉羅国を目指している最中だ。

今回の茉莉花の仕事は、『交渉班の影』である。影というのは、班の人たちの行動をすべて把握し、班の人になにかあったら代理で動くという大事な役目だ。

影は、班の人たちと常に違う場所にいて、常に違うものを食べ、宿泊先もわざと変えるという別行動を徹底しなければならない。

二つの王朝の統一の手伝いを正式にこっそりすることになった茉莉花にとって、一人になれる影は最適な仕事だった。

白楼国は叉羅国にとってこれから同盟を結ぶ相手だけれど、異国と戦争中の叉羅国内を異国人だとわかる姿で歩くのは危険すぎる。茉莉花も交渉班も、ヴァルマ家に国境までそれぞれ迎えにきてもらい、叉羅国内はヴァルマ家の馬車で移動した。

首都に着いてからの茉莉花は、交渉班の人たちとは違う宿で、ひたすら待機だ。

「叉羅国の意見が『誰でもいいから助けてくれ』に統一されるまで、絶対に動いてはならない……か」

茉莉花は、宿の二階にある自分の部屋で、ラーナシュの連絡を待ち続けている。

待機中は時間をもてあましてしまうので、様子を見にきたラーナシュの従者のマレムに頼み、叉羅国の書物を貸してもらった。

子ども用から大人用まで、様々な書物を読みふけった結果、珀陽の言っていた『叉羅国の人は派手好き』という言葉の意味が、ようやくわかる。

「……どんな場面でも描写が華やかだわ」

光の神子の伝説に関しては、歴史書では事実のようなものが書かれていただけだ。

——神子は神々から王の証である金剛石を渡された。神子は山から下りたあと、王に王の証を渡した。

それが子ども向けの書物だとこうなる。

——神子は金色に輝く象に乗っていた。象のうしろには、他の神の使いもいた。神子と神の使いの周りには、三千人の踊り子がいて、腕輪を鳴らしながら舞っている。どこからともなく楽団が現れ、演奏を始めた。他の山の動物も集まってきて、空から黄金の花びらが降り続け、神を称える宴は三日三晩続いた。

「大人向けだと、もっと描写が細かくなるのよね」

他の英雄譚も読んでみたところ、大事なところになると、なぜかどこからか音楽が流れてきて、踊り子が現れ、動物が集まってきて、みんなで踊って祝うのだ。

「言語が細分化されすぎたことで音楽や踊りが発達した文化だからなのかしら……。いえ、黄金や宝石があちこちに出てくるから、派手好きなのもたしかよね」

——果物が宝石になる。地面の砂粒が金の粒になる。金剛石でできた渓谷がある。雨粒が花びらになる。

こんな場面がよく出てきて、そしてその華やかな場面は家の壁や家具や絨毯といったものに描かれている。

「わたしの立てた作戦だと、『光の神子は坑道から無事に出てきて、共に出てきた神子候補たちに称えられました』。……たしかに地味すぎるかも」

最初はこれでいいと思っていたけれど、珀陽に指摘を受けて叉羅国の研究を深めた今は、なんだか不安になってしまった。

再びマレムがきてくれたとき、茉莉花はすべての書物を返した。

「お借りしていた書物を読み終わりました。本当にありがとうございます」

「もうお読みになったのですか？」

驚くマレムに、茉莉花はあははと笑う。

「今は急ぎの仕事がないので。……あの、叉羅国の方々は、華やかな物語を好むものなのでしょうか」

好まれるからより華やかになっていったことはわかっているけれど、一応確認してみる。

「マツリカさんは、華やかな物語がお嫌いですか？」

「わたしは好きです。……そうですね、どうせなら華やかな方が楽しいです」

方向性が違うけれど、白楼国の後宮だって華やかな宴をしているし、妓女が踊りを見せてくれるのなら美しい衣装を着ていてほしい。

（光の神子が現れるなら、神子も周りも華やかであってほしいな。……うん、その方が細かいところをごまかせるかもしれない）

珀陽の助言通り、計画に修正を入れた方がよさそうだ。

「ヴァルマ家で宴を開くこともありますよね？」

「勿論です。アルディティナ神とノルカウス神を楽しませることも、我々の務めです。それはもう盛大なものになります」

マレムは、自信満々にヴァルマ家の宴の素晴らしさを語ってくれる。

予想よりも規模が大きくて、茉莉花は驚いてしまった。

「あの、たとえば、踊り子さんをすぐに用意してくださいとお願いしたら、どのぐらいで集まりそうですか？」

「今日中なら百人ですね」

「今日⁉ 百人⁉」

マレムの返事は、茉莉花の想定よりも早く、想定よりも多かった。

「ええっと、今から三千人の踊り子を用意してくださいと頼んだら、どれぐらいかかりますか？」

「十日は……いや、それだとぎりぎり難しいですね。もう少しかかります」

「三千人分の衣装も用意できますか⁉」

「勿論です。三千人分の踊り子の衣装なら倉庫にありますよ。全員を揃いの衣装にしたいのなら、時間がほしいですね」

茉莉花がなにも言えないでいると、マレムがにこやかに尋ねてきた。

「宴を開く予定があるのですか？」

「いえ、その……、宴というわけではないのですが、考えていることがあるんです。もしかして、楽団も用意できますか？」

「ヴァルマ家の使用人は全員楽器を扱えますし、お抱えの楽団もございます」

再びあっさり言われ、茉莉花は言葉を失う。

（こんな感覚でいるのなら、わたしは伝説をもっと派手に再現すべきだ……！）

さすがに空から花びらを降らせることは不可能だけれど、象と神の使いと呼ばれる動物はなんとか用意したい。

「マレムさん、金色の象はさすがに叉羅国にもいませんよね」

「金色の象がいないのなら、黄金で飾るのはどうでしょうか」

その発想はなかった……と茉莉花は衝撃を受ける。

（ええっと、伝説に必要な動物は……）

頭の中に、神の使いとされている動物が、次々に思い浮かんでいく。

最後に青い鸚哥が羽ばたいたとき、頼るべき相手がもう一人いることに気づいた。

待機中の茉莉花は、シヴァンの愛人のまとめ役をしているチャナタリに宿まできてもらった。

チャナタリは、茉莉花の頼み通り、地味な姿で顔を隠して部屋に入ってくる。

早速、ヴァルマ家で世話をしている神の使いと呼ばれる動物について色々尋ねた。

「伝説上の神鳥であるガルーダはいないけれど、光の神子の周りにいたとされている動物なら全部揃っているわ」

　アクヒット家には、神の使いを世話するための係がいる。世話係はみんな綺麗な女性で、実はシヴァンの愛人だ。

　チャナタリは愛人のまとめ役をしているけれど、チャナタリだけはシヴァンの愛人ではなく、シヴァンの有能な右腕である。アクヒット家が世話をしている動物について訊きたいのなら、彼女が最も適任だ。

「たしか、珍しい色の動物も、神の使いとされて皆さんに喜ばれているんですよね？　珍しい色の動物もお世話していると前に聞きましたが……」

「珍しい色だけじゃないわ。角がある犬に、尾だけが白い猿に、二つの首をもつ蛇なんてものもいるわね」

　シヴァンは、珍しいもの好きという設定をつくるため、珍しい動物を集めて世話をしていた。光の神子と共に山を下りてきたと言われる動物は、アクヒット家に貸してもらうのがよさそうだ。

「象に乗ることはできますか？」

「乗るためのものではないから、どうかしらね。訊いておくわ」

「よろしくお願いします。たしか……」

　象の世話係の名前をくちにすると、チャナタリが愉快だと笑い出す。

「貴女、本当に私たちが世話をしていると思っていたわけ？」

茉莉花は青い鸚哥の世話係だったとき、えさやりもしていたし、籠の拭き掃除もしていた。愛人たちは世話係もしていると思っていたけれど、どうやら違ったらしい。

「動物の世話をしたら汚れるじゃない。そんなの下働きにやらせているわよ」

「知りませんでした……」

本当の世話係がいるのなら改めて紹介してもらって……いや、チャナタリ経由の方がいいだろう。今は表立って動けない。

「またなにか企んでいるわけ？」

チャナタリが魅力的な紅いくちびるを指で撫でる。

その仕草に茉莉花はどきりとしながら、笑ってごまかした。

「まずはシヴァンさんに相談してみます。それからですね」

「そうして。でも、司祭さまは忙しいみたいだから、手短にね」

光の神子の儀式を再現するという話は、ラーナシュからシヴァンにもしてもらっている。もっと忠実に、もっと派手にしたいという相談を二人にしたかったけれど、自分だけでもできるところは可能な限り進めておいた方がいいだろう。

「茉莉花さん、失礼します」

護衛としてついてきた天河に廊下側から扉を叩かれ、茉莉花は立ち上がった。チャナタリには「少し待っていてください」と言い、扉を開けて廊下に出る。

「マレムさんから伝言です。『機は熟した。王宮にきてほしい』と」

茉莉花の待機はついに終わった。これで次の段階に進めるはずだ。


叉羅国は、ムラッカ国の侵攻を抑えきれず、国境から一時撤退した。

そのころには、モダラート国も動き出していて、シル・キタン国も遠征の準備を始めていた。

叉羅国の民は、異国人を追い返せと叫ぶ。

しかし、王や司祭や将軍たちは、ムラッカ国との戦いに負けていることを知っているので、叫ぶ以外のこともしなければならない。

――このままでは、モダラート国にもシル・キタン国にも負けてしまう。

本当に国の危機だと認識できたとき、ようやく皆の意見が一致した。

「とにかく侵攻を食い止めなければ！　首都で攻防戦をするわけにはいかない！」

「全軍を三つにわけるのはどうだ？」

「そんなことをしたら全滅する！　……そうだ、隣国と同盟を結べないか⁉」

「赤奏国はどうだろうか。今から急げば……！」

——味方がほしい。異国でもいいから。

禁軍の派遣は王と三司の意見が揃ってから、という珀陽の条件を、ラーナシュはやっと満たせた。

（さぁ、マツリカ。あとは頼んだぞ）

控えていたマレムに眼で合図をしたら、マレムはそっと会議場から出て行く。

会議は今後の方針を決めるための熱い議論が交わされていて、ラーナシュの従者が一人いなくなっても、気づく者はいなかった。

「失礼します。タッリム国王陛下、白楼国からの客人がいらっしゃいました」

ずっと宿で待機していた茉莉花は、首都に到着したばかりだという顔で王宮を訪れる。

ラーナシュは、突然会議場に現れた茉莉花を見て、皆と一緒に驚いた顔をしておいた。

「お忙しい中、お時間を割いて頂き、本当にありがとうございます」

茉莉花はまず白楼国の最高礼でタッリムに挨拶をする。

「遅くなりましたが、ようやく説得に成功しました」

「……説得？」

なんの話だとタッリムが眼を細めると、茉莉花は大きく頷いた。

「わたしは、アクヒット家の司祭殿やヴァルマ家の司祭殿に、大変お世話になりました。

その恩返しをしなければならないと思い、我が国の皇帝陛下へ出兵をお願いしたのです」

「まさか……!?」

とにかくどんな方法でもいいから、国内に攻めこんできたムラッカ国軍を早く食い止めなければならないというときに、救いの手が差し伸べられる。

「白楼国の二万の兵。お求めであれば、共に戦う準備はできております」

白楼国の禁軍が親切心から勝手に叉羅国へ入れば、それは白楼国による侵略戦争となってしまう。

叉羅国が白楼国に助けてと頼み、白楼国の禁軍が叉羅国軍と共に動くことで、白楼国はようやく叉羅国の民に歓迎されるのだ。

「……白楼国の助力、感謝する」

本来ならば、異国の助けを借りるなんてとんでもないと、この場の誰かが言っただろう。

タッリムもまた、考える時間がほしいと、すぐの返事をためらっただろう。

けれど、ようやく皆の意見が『今すぐに味方がほしい』で一致した直後だ。

「どうかサーラ国を救ってほしい。サーラ国は白楼国との同盟を歓迎する」

タッリムの返事を聞いた茉莉花は、大臣や将軍たちの顔もゆっくり順番に見ていく。

ラーナシュはしっかりと頷いていて、シヴァンは不愉快だと眼で示すけれどなにも言わず、そしてカーンワール家の司祭のジャンティも、大臣や将軍たちも、ぜひと言わんばかりに頷いた。本心では異国の力を借りたくなくても、今はそうするしかないのだ。

「すぐに馬を走らせます。もう国境付近に兵を集めておりますので、あと少しだけ皆で耐えてください」

「コウマツリカ、頼んだぞ！」

売れる恩は高く売る。恩を返してもらうときには利子をつけてもらう。

珀陽の方針に従った茉莉花は、恩をさらに高く売るために、この同盟にどれだけの価値があるのかを説明していった。

「赤奏国はこの戦いに参加しないことを表明していますが、白楼国軍が赤奏国内を移動することについては黙認してくれています。白楼国軍が赤奏国経由で叉羅国に向かえば、ムラッカ国とモダラート国にとっては白楼国の参戦だけではなく……」

「サーラ国は赤奏国との同盟をも成立させたと考えるのか！」

「はい。ムラッカ国は、北方、東方、南方を囲まれることになります。すぐに自国の防衛を優先するでしょう」

白楼国と叉羅国にはさまれるだけでもやっかいなのに、そこに赤奏国が加われば、ムラッカ国は立ち止まるしかない。

ムラッカ軍の指揮官が有能であれば、講和を求める使者を明日にでも叉羅国に送り、領土の一部をもらうという条件での終戦を選ぶだろう。

「わたしたちは、叉羅国からムラッカ軍が撤退するまで、協力を惜しみません。急いで同盟締結の書類を整えましょう」

茉莉花は礼部に用意してもらった書類を見せた。

あくまでも白楼国は、異国による侵略戦争を止めるところまでしか手伝わない。奪われた領土を奪い返す手伝いはしないのだ。

（叉羅国は、失った領土を自分たちだけで早々に取り戻さなければならない。時間がかかればかかるほど、領土問題が複雑になっていく）

この不安要素に気づかれないよう、茉莉花たちは早く同盟を締結してしまわなければならない。

同盟締結の文書の草案を渡したあと、急いで検討してほしいと告げて焦らせた。

「それでは、同盟締結の作業を行う専門の文官を紹介します」

交渉班の紹介が終わったあと、茉莉花は「あとは任せます」と言い、自分は他の仕事があるという顔をしておいた。

これから、茉莉花は再び宿で待機だ。同盟条件の交渉の途中経過を、定期的に教えてもらうだけになる。

「あ、ラーナシュさん。例の作戦について……」

会議が一時休憩となったとき、茉莉花はラーナシュに小声で話しかけた。ラーナシュは早足で歩きながら答える。

「すまん！　マレムにあとを任せるから進めておいてくれ！」

茉莉花は、ならばとシヴァンを探しに行く。

「シヴァンさん。実は例の作戦について……」

「私は忙しい！　チャナタリと進めておけ！」

シヴァンの返事も、ラーナシュと同じであった。

「なら、マレムさんとチャナタリさんに、始めからしっかり話した方がいいわね」

茉莉花は宿に戻ったあと、宿の人にマレムとチャナタリへ連絡をとってもらう。

改めて三人で話す時間をつくり、作戦の細かいところをどんどん決めていくぞと意気ごむ。しかし、なぜかまったく思うようにいかなかった。

「アクヒット家の人間が同席するなんて聞いておりません」

「ヴァルマ家の使用人がいるのなら、貴女の誘いを断っていたわ」

マレムとチャナタリは、顔を合わせるなり茉莉花に文句を言った。

茉莉花は、あれ……？　と冷や汗をかく。

「以前、マレムさんには、チャナタリさん宛の手紙を託しましたよね……？」

「ラーナシュさまのご命令ですから、当然従いますとも」

「チャナタリさんはその手紙を受け取って、わたしのお願い通りにシヴァンさんの筆跡がわかる手紙をマレムさんに渡してくれましたよね……？」

「司祭さまを助けたかっただけよ」

——お二人はもう顔見知りですし、仲よくやれますよね。

茉莉花は、用意しておいた台詞をぐっと呑みこんだ。

シヴァンの危機のときに協力できた関係だと思っていたが、互いに『主人のため』で動いただけらしい。

（ヴァルマ家とアクヒット家の不仲を、甘く考えていたみたい……！）

ラーナシュとシヴァンは、なんのかんの言いつつも、けっこう上手くやれている。

人は人とならわかり合える、というシヴァンの言葉があるのだから、マレムとチャナタリもそうなれるはずだと勝手に思いこんでしまったようだ。

（これなら、仲よくさせるよりも、無視させる方がよさそう）

女官のとき、家同士の不仲に引きずられ、どうしても仲よくできない相手がいるという同僚を、何人も見てきた。そして、どう対応すべきかも経験してきた。

「……わかりました。お二人とも、互いに無視してください」

茉莉花の言葉に、マレムとチャナタリは驚く。

仲よくしろと言われても無理だ、と宣言するつもりでいたのだ。

「主人から『コウマツリカに協力しろ』と言われているはずです。それだけで充分です。

話す相手は常にわたしだけだと思ってください」

三人で話し合いをするとき、マレムは茉莉花とだけ話し、チャナタリも茉莉花とだけ話す。茉莉花にとってはとても面倒だけれど、一度茉莉花をはさめば、茉莉花に頼まれたから、茉莉花への協力は主人のためになるから、――……と自分を納得させられるだろう。

「わたしは今、司祭の方々と、二重王朝問題の解決に向けて動いています」

茉莉花は、これからどうするのかをはっきりさせておく。家同士の和解が目的ではないと示しておけば、マレムもチャナタリもほっとするだろう。

「そのために、新しい光の神子が必要です。わたしたちにとって都合のいい光の神子をつくることが、大きな第一目標です」

具体的にどうするのか、という話に入る前に、チャナタリとマレムが口を開いた。

「今さら、光の神子さまのお告げに従うかしら」

「お告げを無視する可能性もありますよ」

チャナタリとマレムは、同じようなことをそれぞれ茉莉花に言う。

あくまでも『茉莉花と二人きりで話し合いをしている』という設定を貫くらしい。

「光の神子の儀式はご存じですよね？　三司と神子候補が光の山の坑道に入り、奥にある祭壇で祈りを捧げて戻ってきて、山を下りるという……」

　チャナタリもマレムも、勿論だと答えた。

「不幸にも祭壇の付近で落盤や陥没があり、いつもの道が使えなくなった。そんなときに光の神子の声を聞いたという者が現れ、彼女の指示通りに進んだら、出口に戻ってくることができた。これは光の神子の奇跡だと言いたくなりますよね」

　茉莉花の作戦は、元はこれだけだ。

　そこに、光の神子の奇跡を信じたくなるような派手さをつけ加えるつもりである。

「奇跡を見せられたら、本物の光の神子が現れたと喜び、そのお告げに従うかもね」

「神子候補は、各地の神殿から一人ずつ選ばれています。中には、信じる神の違いによって仲の悪い神子同士もいるでしょう。そんな神子候補の全員が『奇跡を見た』と言うのなら、皆も新しい光の神子の存在を信じるはずです」

　チャナタリとマレムは、茉莉花の作戦に理解を示す。

「奇跡はいいけれど、どうやって別の道を通るつもり？　正しい道を知っているのは三司だけ。カーンワール家の分の道は、アクヒット家の司祭さまもヴァルマ家の司祭も知らないわ」

「大丈夫です。わたしは、通った道を一度で覚えることができますから」

　茉莉花は、任せてくださいとあっさり答える。

マレムはぽかんとくちを開け、チャナタリは眼を見開いた。

「覚えるって、貴女、そんなことが……」

「はい。正しい道を覚えても意味はないということですよね。そこは、坑道内が真っ暗であることを利用します。司祭の方々は正しい道を知っていますが、わたしに連れられて少しぐるりと回ったら、元の場所に戻ってきてもどこにいるかがわからなくなるはずです」

「ええっと……。そ、そう、ならいいわ」

チャナタリは「そういう意味ではなかったのだけれど……」と戸惑う。

マレムも「なにがなんだか」という表情になっていた。

「ただ、問題が一つあります。坑道内で奇跡を起こすだけでは盛り上がりに欠けるので、物語に書かれているような華やかさを足していきたいんです」

「それでアクヒット家の神の使いが必要なのね」

ようやく茉莉花の話が、チャナタリとマレムにも通じるようになった。

「はい」

「マツリカさんが言っていた踊り子や楽団は、新たな光の神子さまを称える場面に必要なんですね」

「そうなんです」

この辺りは、茉莉花が細かく指示をするよりも、叉羅国人である二人に任せた方がいいだろう。

「光の神子の儀式と祭りは、司祭の皆さんと神子候補の方々が坑道に入ることで始まります。およそ六日後に、まず司祭の皆さんが出てきます。司祭の皆さんが出てきてから四日後、神子候補が戻ってきていないことを確認して坑道の扉に鍵をかけると同時に、儀式と祭りも終わります」

一年のうち十日間だけ、光の山の麓に人が集まる。国王も光の山に祈りを捧げにくる。

「今年の儀式は、六日目に三司と新しい光の神子たちが出てきて、山頂に楽団と踊り子と神の使いが現れて新しい光の神子を称える……という流れにするつもりです」

茉莉花はマレムに描（えが）いてもらった光の山の周辺地図を広げる。

「麓に集まった人々が見ている前で、踊り子や楽団の皆さんに山を登ってもらうのもどうかと思いますので、反対側から登ってもらおうかな……と」

マレムは地図を覗（のぞ）きこみ、う～んとうなる。

「光の山は、狩猟（しゅりょう）と果実のもぎとりが禁止されていて、山道があったとしてもかなりの獣道（けものみち）になっているはずです」

「……もしかして、反対側に山道がない可能性もあるんですか？」

南側に山道があるのなら、山頂を通って北側の麓に行けるような山道があると茉莉花は思っていた。山道がないところを夜にこそこそ上るのは、かなり危険だ。

「元は鉱山なので、坑道の入り口は複数あります。その入り口に向かう山道があちこちにあるはずですが、北側にあるかどうか、使えるかどうかについては、今から急いで調べますね」

茉莉花は早めに相談しておいてよかったと、ほっとする。

子星が言っていた通り、派手なことをしたいのなら、確実なものを積み重ねなければならないのだ。

「坑道の入り口が複数あるのなら、別のところから入って、儀式に使っている坑道まで行くこともできるでしょうか」

事前に道を完全に覚えきることができるのなら、それが一番いい。

しかし、マレムは難しい顔になった。

「可能性はありますが、危険なのでやめた方がいいです。命を奪うような瘴煙がたまっているかもしれませんし、人の重みで突然足下が崩れるかもしれません。もしかすると、危険な動物が巣をつくっていることだってあります」

マレムの忠告に、茉莉花は息を呑む。

「や、やめておきます……」

本気で坑道を探索したいのなら、多くの準備と多くの時間が必要だ。立ち入り禁止の山でそんなことをすると目立つので、ある程度の安全が確保されている儀式用の坑道を使った方がいいだろう。

「まずは山道を探すところからですね。……チャナタリさん、白楼国と叉羅国との間で正式に同盟が結ばれたら、アクヒット家にお邪魔してもいいでしょうか。アクヒット家の書庫の書物の中に手がかりがあるかもしれないので、見ておきたいんです」

「いいわよ。でも、山道があっても、かなりの獣道になっているわ。光の山は、狩猟と果実のもぎとりが禁止されているから」

少し前のマレムとの話が、今度はチャナタリとの間で始まった。

（……そうだった。マレムさんとの会話は、チャナタリさんにとってなかったことになっているから、もう一度同じ会話をしないと）

そしてチャナタリとの間で決まったことや相談したことは、マレムにとってなかったことになっているので、茉莉花が再び説明しなければならない。

（面倒だけれど、これ以上は望めない……）

これはマレムとチャナタリの妥協点だ。顔も見たくない相手がいることを我慢してくれている二人に感謝し、こちらも我慢しなくてはならない。

（これから、三人で話し合うことはやめておきましょう……！）

茉莉花は、次からは交互にきてもらうことにした。

白楼国と叉羅国の同盟についての話し合いは、茉莉花の予想よりも早くにまとまった。

叉羅国は、有利な条件よりも、同盟締結までの早さを選びたかったのだろう。

「これで叉羅国の人が安心して眠れるようになるといいな」

今夜、王宮では同盟締結の祝いの宴が開かれている。

交渉班の人たちは出席しているけれど、茉莉花は宿で待機だ。彼らが首都を出発するまでは、別行動をし続けなければならない。

交渉班の人たちが仕事を終えて叉羅国を離れたら、白楼国軍が撤退するまでの間、茉莉花は本国との連絡役として残れる。しかし、なにかあったら連絡役の仕事が最優先になるので、今のうちにやれることをやっておきたい。

「影の仕事もあと少し……か」

交渉班の記録係が残していった書類を、茉莉花はゆっくり読む。

書かれていることをすべて覚えたら、書類のいくつかは墨に浸した。

今回は、関係者以外に絶対見せてはいけない書類というものに触れることが多い。墨に浸すまでの間、いつもどきどきしてしまう。

「マツリカさん。頼まれていた古い地図とヴァルマ家史です」

影の仕事をすませると、マレムが頼んだものをもってやってくる。礼を言って受け取ると、窓の外から怒鳴り声が聞こえてきた。

「マツリカさんは姿を見せないように。私が確認します」

部屋の窓からマレムがそっと外の様子を見る。

茉莉花が緊張しながら見守っていると、マレムが「大丈夫そうです」と言いながら振り返った。

——異国の軍隊がくる⁉　どういうことだ⁉

——でもこれで助かるよ。今の王さまたちは、自分たちで国を守る気がないんだ。

——なんで自分たちで戦わないんだ！　その異国に乗っ取られたらどうするんだよ！

言い争いの声も聞こえてきた。内容は、ムラッカ国との戦争と白楼国との同盟についてだ。

同盟をしかたないと受け入れる者。

攻めてきた異国人も同盟国の人も叩き出せと怒る者。

自分たちだけで戦わないことを非難する者。

彼らの話を聞いていると、誤解が多い。これでは白楼国との同盟は歓迎されないし、同盟締結を決断した王や司祭たちへの不満が大きくなる。

「同盟国を信じられない人も多いんですね……」

　タッリムやラーナシュたちは白楼国を受け入れてくれたけれど、民は違う。

　元々そういう国だとは知っていたけれど、他の国との戦争中でもそうなのかと少し驚いてしまった。

(ジャスミンは……、いい気分にはならないけれど、しかたないって諦めそう)

　彼女は若いからだろうかと考えていると、マレムがすみませんと謝ってきた。

「北のムラッカ国が攻めてきたことを、首都の人々は噂で知りました。どういうことだと不安になっていると、突然、白楼国との同盟が決まりました。自分たちの命の危機に繋がる大事な話なのに、知りたいことがなに一つわからないまま、物事だけが進んでいるのです」

「……知りたいことがわからないんですか？」

「はい。私はラーナシュさまから説明を受けていて、ムラッカ国と戦って負けたことや、モダラート国とシル・キタン国も動き始めていることや、このままではサーラ国がなくなるかもしれないことも知っています。どうすべきかを、自分でも考えられます。だから我慢することができるんです」

　首都にいる民でさえ、今の状況を把握できていない。

　王からの正式発表があるはず……と思ったけれど、茉莉花は単純な話ではないとすぐに考えを改めた。

『ムラッカ国と国境付近で戦ったけれど負けた』という話は、国民の士気を下げないために、意図的に伏せているのかもしれない。

負けた事実が伏せられているから、叉羅国の民は『負けてもいないうちからなぜ異国を頼るのか』と怒るのだ。

「それに、私は白楼国に行ったことがあります。マツリカさんという親切な人を知っていることが、私の考え方に大きな影響を与えているんです。白楼国も白楼国人もよく知らない私だったら、『異国人に頼る必要はない』とラーナシュさまを叱ったでしょう」

叉羅国の人は、異国人に厳しい。けれども、マレムやラーナシュ、シヴァンを見ていると、それだけではないこともわかる。人と人という関係になれば、こちらの話を聞いて、理解しようとしてくれることだってあるのだ。

「ラーナシュさまの叔父のミルーダさまは、今朝もラーナシュさまと揉めていました。なぜ同盟を結ぶことに賛成したのかと……」

「……ラーナシュさんは、ヴァルマ家でも大変なんですね」

二つの王朝の統一は急がなければならない問題だけれど、皆に不安と不満が広がっているこの状況を放置するのもよくない気がする。

(不安でしかたないときは、光の神子のお告げがあっても、それどころではないかもしれない。ラーナシュさんたちは忙しいから、やるべきことの優先順位の相談を手紙に書いておいて、マレムさんやチャナタリさんに託そうかしら）

相談方法を考えていると、窓の外からまた大きな音と叫び声が聞こえてきた。

「えっ……⁉　今度はなにが……」

「どれどれ。……ああ、喧嘩が始まりました。しばらく騒がしいかもしれませんが、そのうち警備隊が止めにきますから大丈夫ですよ。最近、多いんですよね」

マレムの言い方から、本当によくあることだとわかる。

しかし、複数の男の怒鳴り声と、それを応援する声に、茉莉花はどうしても落ち着かなくてそわそわしてしまった。

「それでは失礼します。表が騒がしければ、皆の意識がそちらに向かいますから、こっそり帰るのにちょうどいいですね」

「わざわざありがとうございます。気をつけてくださいね。……あ、これはいつもの手紙です。決まったことをまとめておきました」

「わかりました。読んでおきます」

マレムに渡した手紙には、茉莉花とチャナタリとの間で決まったことを記してある。

茉莉花は頭を下げてマレムを見送ったあと、静かに部屋の扉を閉じた。

外は騒ぎが続いている。段々と見世物のようになってきているのか、口笛や太鼓のような音も加わっていた。

「陛下はこうなることがわかっていたから、『敵』をつくった。けれども、叉羅国はその敵をはっきりさせなかった」

そのうち、ムラッカ国に土地を奪われた人たちが首都まで逃げてきて、国境付近で負けたという事実が首都に住む人にも伝わるだろう。

——ムラッカ国に領土を奪われた⁉　嘘を言っているんじゃねぇよ！

誰かの叫び声に、茉莉花はどきりとしたあと、ため息をつく。

「この国は、わたしが思っているよりも不安定なのかもしれない」

司祭の家は互いに憎しみ合っている。

それだけではなく、ラーナシュやシヴァンは、家の人からの不満も抱えてしまっている。

民は王に不信感を抱いている。

皆の戦争への不安や、異国人への警戒心が増している。

——これらが膨らんで、はじけたら、どうなるのだろうか。

(ラーナシュさんもシヴァンさんも、陛下のように白虎の姿になれるわけではない。なにかあったら怪我をするし、しばらくは起き上がれなくなるかもしれない)

あの二人が倒れたら、家の誰かが当主代理として動くだろうけれど、二重王朝問題の解決を望まないかもしれないし、白楼国との同盟を破棄しようとする可能性もある。

「ラーナシュさんやシヴァンさんにも『影』が……。いいえ、わたしにも必要だわ」

茉莉花だけが、二重王朝問題の解決に関する情報のすべてを握っている。それでは駄目だ。自分になにかあったら、光の神子の儀式の再現ができなくなってしまう。

「マレムさんとチャナタリさんへ渡す手紙に、細かいこともすべて書いておきましょう」

手紙を落としたときのことを考え、第三者には宴の準備に見えるように、そして関係者には意味がわかるようなものにしておかなければならない。

「作戦を決行するかどうかの判断基準も必要ね」

これはもう決めている。ラーナシュもシヴァンも、最悪の場合は事情を知る人に代わりを託すことができるけれど、坑道を覚えるという役割だけは茉莉花にしかできない。

「『晧茉莉花が坑道に入ったら、予定と違うところが出てきても作戦を決行する』かな」

坑道に入ってからの茉莉花は、外にいる人へ指示を出せなくなる。

作戦が始まれば、マレムやチャナタリを信じて最後まで走りきるしかないのだ。

茉莉花は、やるべきことを細かくまとめ、明日チャナタリが風邪をひいても、マレムが腰を痛めて動けなくなっても、代理の人がいるのならすぐに引き継ぎができるようにしておく。面倒でも、この作業は毎日やらなければならない。

細かい字が書きこまれている手紙を引き出しにしまっていると、扉を叩かれた。

「はい」

「俺だ。少しいいか？」

「ラーナシュさん⁉」

タッリムに禁軍を連れてきたと言ったあの日から、ラーナシュと顔を合わせることはなかった。元気にしていただろうかと思いながら扉を開け、ラーナシュを招き入れる。

「ちょっと時間がとれたからよってみたぞ」

「どうぞ。お茶でも入れますね」

茉莉花はラーナシュに座るよう勧めた。それから宿の人に湯をもらいに行こうとしたけれど、ラーナシュの手が茉莉花の腕を摑み、引き留めてくる。

「……あ」

ラーナシュにとって、無意識の行動だったのだろう。ラーナシュは、なぜこんなことをしたのかと、自分の手を見て驚いていた。

（疲れた顔をしているわ。……もしかしたら、ラーナシュさんがここにきたのは、ヴァルマ家に帰りたくなかったからなのかもしれない）

マレムは、ラーナシュとミルーダが揉めていたという話をしていた。

ラーナシュはここ最近、ずっと王宮で王や大臣たちと戦争や同盟について話し合い、結論を出すために根気よく説得し続けていて、家に帰れば家族からの非難をあびるという生活を送っている。

（それだけではなくて……、きっとラーナシュさんは二重王朝の統一に失敗したときのことも考えている）

ラーナシュは、一人で多くのものを抱えこんでいる。しかし、誰も代わってやることができないのだ。だったら……。

「お菓子でも食べましょうか。とっておきのものを出しますね」

茉莉花はラーナシュに明るく言い、自分の荷物から蓮の実に砂糖をたっぷりまぶした菓子を出す。

「皇帝陛下から頂いたものなんです。どうぞ」

ラーナシュに一粒渡し、自分も一粒つまんだ。

「……甘い！」

「はい。甘いものを食べると、ちょっとほっとしますよね」

ラーナシュとやらなければならないことは、いくらでもある。

マレムやチャナタリと話し合って決めたことの確認や、光の神子をどうするのかという相談、叉羅国の民の不満についての提案など、せっかくきてもらったのだから、顔を見て話したい。

(でも今は……理解者として、ほっとできる時間をつくりたいな)

逃げ場のないラーナシュを、このままにしておけない。

「頂きものの菓子か……っ、くく、あはは！」

黙って傍にいるつもりだった茉莉花は、突然ラーナシュが笑い出したので、驚いた。

疲れすぎたせいで、感覚がおかしくなっているのだろうか。

(ここで休んでもらおう……！)

寝台を使ってくださいと言おうとしたとき、ラーナシュは笑いながら「すまん」と謝ってきた。

「折角のマツリカへの贈りものを俺が食べてしまったことを皇帝殿が知ったら、嫉妬ですごい顔をしそうだな」

想像したら楽しくて、とラーナシュはよくわからないことを呟く。

「そんなことはありませんよ。高価なものならともかく、お菓子にはみんなでどうぞという意味が含まれているはずです」

「高価なもの？　もらったのか？　……例えば？」

ラーナシュが興味津々という顔で聞いてきた。

「仕事が上手くできたときのご褒美として……その、服とか、化粧道具とか……。わたしは下宿住まいで、陛下からの頂きものを保管する場所があまりなくて、最近はいつもお菓子にしてくださいと頼んでいるんです」

「ははは！　それはいいな！」

なにがいいのか茉莉花にはわからないけれど、ラーナシュは腹を抱えて笑う。

「お菓子にしてくれと言われたときの皇帝殿の顔が見たかったな」

茉莉花は、あのときのやりとりの記憶をひっぱり出してみた。たしか、珀陽はつまらなさそうな顔をしていただけだ。ラーナシュが見ても楽しくないだろう。

「忙しい中であれこれと悩んでいたが、マツリカから愉快な話を聞いて笑ったら、すっきりした」

「……なら、よかったです」

「甘いものはいい。気持ちが切り替わる。俺もこれからはもち歩こう」

「そうしてください」

ラーナシュは、元気が出てきたのかもしれない。笑顔が輝き始めた。

「マツリカ、俺は格好いいか？」

自信満々に訊かれ、茉莉花はつい笑ってしまう。

「ラーナシュさんは、ラーナシュさんにしかできないことをしていて、今日もとても格好いいです」

「マツリカも格好いいぞ。よし、明日もがんばれ！」

ラーナシュは茉莉花を激励したあと、部屋を出ていく。

そろそろ叉羅国とムラッカ国の戦争は、正式に終戦となるはずだ。外出できるようになったら、ラーナシュのための菓子を買いに行くのもいいかもしれない。


白楼国と叉羅国が同盟を結び、赤奏国が叉羅国よりだと表明したあと、ムラッカ国は一対三の形になることを恐れ、すぐに叉羅国へ停戦を提案してきた。

タッリムは、『叉羅国の領土の一部をムラッカ国のものとする』という条件を呑むことでの終戦を選んだ。

明日には、ムラッカ国と正式な文書を交わすことになるだろう。

——……という最新の状況説明を茉莉花にしてくれたのは、シヴァンだ。

叉羅国と白楼国の同盟が成立したので、チャナタリに頼んでアクヒット家の書庫にお邪魔させてもらったところ、シヴァンはちょうど家にいたらしく、わざわざ会いにきてくれたのだ。

「チャナタリから、準備は順調に進んでいると聞いている。あとは光の神子選びだけらしいな」

「はい。こればかりはわたしだけで決められないので、シヴァンさんも考えておいてください」

白楼国の文官である茉莉花が、そのまま光の神子をやるわけにはいかない。しかし、誰がいいのかと言われても、こちらに知り合いがいないので、選びようがなかった。

一番いいのは、ヴァルマ家の神殿かアクヒット家の神殿に協力してもらい、そこから光の神子を決めてもらうことだ。

「わかった。考えておこう」

「頼みます」

シヴァンは、話が終わると同時に書庫から出て行く。

茉莉花はアクヒット家史を卓に置き、鉱山についての記述がないかを確認する作業に戻った。

「う〜ん……」

のちに光の山と呼ばれるようになる鉱山の東の坑道で、家宝となる大きな金剛石を見つけた、という一文を発見したが、それだけだ。

「『東の坑道』という言い方からすると、やはり複数の坑道があったことは間違いないみたい。でも、北側に坑道があったのかどうかはわからないわ」

調べものを切り上げようとしたとき、チャナタリが書庫に入ってくる。

「申し訳ないのだけれど、今日はこっそり帰ってもらえるかしら」

「あ、はい。叉羅国の方々は異国人をよく思っていないでしょうし、気をつけますね」

アクヒット家に行くときも、外套をかぶって顔を隠しておいた。帰りも勿論そうするつもりだ。

「それもだけれど、今、司祭さまと従兄のシャープルさまが揉めていたの」

「……もしかして、同盟や終戦のことで？」

どうやらシヴァンもラーナシュと同じように、家の中が大変らしい。

「そうよ。元々司祭さまは、異国の商人を出入りさせていたから、シャープルさまがついに我慢できなくなって……という感じだったけれどね。私も使用人に噛みつかれたわ。なんで異国人を屋敷に入れたのか、と」

叉羅国と白楼国が同盟を結んだから、白楼国人の茉莉花がアクヒット家を訪ねても大丈夫だろうと考えたのだけれど、甘すぎる判断だった。まだアクヒット家に出入りしない方がいい。

「すみません。すぐに帰ります」

茉莉花は急いで書物を元の場所に戻し、帰る準備をする。

「これは昨夜までのまとめです。読んでおいてください」

昨夜のマレムとの話し合いで決まったことを記した紙を、チャナタリに渡す。

チャナタリはそれを受け取って軽く眼を通し、呆れたようなため息をついた。

「……面倒なことをするわね。みんなで話し合ってほしいと思わないわけ？」

「それができたら助かります。でも、できないのならそれでもいいと思っています。こうしてやり方を工夫したらなんとかなりますし、いざというときの記録にもなりますから」

仲の悪い人同士をなだめながらする話し合いなんて、絶対に疲れるし、結論が出ずに終わってしまう。

そうなるぐらいなら、今の面倒なやりとりの方が楽だ。

「元々、チャナタリさんには無理をさせていますから、これ以上はちょっと……」

「無理？」

「ええっと、わたしは異国人ですから。シヴァンさんの命令だとしても、あまり関わりたくなかったでしょう？」

茉莉花の言葉に、チャナタリはふっと笑う。

「まぁ、異国人はあまり好きではないわね」

でもねぇ、とチャナタリは呟き、魅力的な赤いくちびるを指でなぞった。

「貴女は司祭さまを救ってくれた恩人だから、私にとっても客人よ。多少の無理は聞いてあげないといけないわね。そう、みんなを連れて山に登れだとか」

それは多少の無理ではなくて、かなりの無理だ。

茉莉花は冷や汗をかきながらも、チャナタリが自分に対し、悪い感情のみを抱いているわけではないことにほっとした。

（人は人とならわかり合えるときがある。……よかった）

きっと平和になれば、時間を使って交流を続けられたら、チャナタリのように思ってくれる人が増えるのかもしれない。

ラーナシュの目指している未来が、少しだけ見え隠れしていて、嬉しくなる。

「なにかあったら宿に連絡してください」

茉莉花は使用人の服を借り、こっそりアクヒット家を出る。

夕方になっていたので、目立つ馬車より徒歩の方がいいだろうと判断し、外で待っていた天河と合流したあと、歩いて宿に向かった。

無事に宿へ戻れた茉莉花は、ほっとしながら外套を脱ぐ。そのとき、お守り代わりにしている珀陽の帯飾りを入れた小袋が足下に落ちた。

「あ、紐が……」

小袋のくちを縛る紐がほつれそうだ。宿の人に紐をわけてほしいと頼むことにして、天河へ先に上がってくださいと声をかける。

宿の人を捜しに奥へ向かおうとしたとき、二階でなにかが割れた音がした。

「えっ⁉」

窓が割れたのだろうか。庭にものが落ちた音も聞こえる。

茉莉花が慌てて窓に駆けよって庭を覗きこめば、走り去っていく人影が見えた。

（あれは……！）

覚えのある背中に驚いていると、天河が階段を降りてくる。

「天河さん！　今の音は……！」

「灯りをつけた途端、石を投げこまれました。茉莉花さん、窓から離れてください。周囲を確認したら、マレムさんに連絡をとって別の宿に移ります」

移動するのなら、荷物をまとめなければならない。茉莉花は慌てて部屋に戻り、灯りをつけずに手を動かした。

「多分、投石はこれきりだと思うけれど……」

犯人らしき人物は、薄暗かったからよく見えなかった。けれども、茉莉花はその人物が、誰なのかわかってしまった。

（石を投げた人は、アクヒット家の使用人のサミィかもしれない。彼女なら、わたしがアクヒット家から出て行くところを見て、そのまま追いかけることができる）

そして、動機もある。

「わたしは元々嫌われていたし、異国との戦争もあったから……」

ここまで嫌われていたことに驚いたけれど、彼女を問い詰めて罰するようなことはしたくない。茉莉花がサミィの前に現れなければ、二度と起きないはずだ。

——黙っておこう、と小さく呟いた。


サミィは走りながら、心の中で失敗したと悔しがる。

アクヒット家から出て行ったジャスミンに気づき、慌てて追いかけた。すぐに見失ってしまったけれど、宿が多く並んでいる通りで待っていたら、運よく宿に入っていくところを見つけることができた。早速、灯りがついた部屋に石を投げこんでみたけれど、割れた窓から顔を出したのは、ジャスミンではない。どうやら部屋を間違えたらしい。

「なんとかしないと……！　早くあの異国の魔物を追い出さないと……！」

異国の魔物にとりつかれているシヴァンを助けたいのに、自分一人ではどうしようもない。やはり、力のある人を頼るしかなさそうだ。

「シャープルさまなら……！」

シヴァンの従兄であるシャープルに、勇気を出して話しかけてみようか。

身分違いのくせに話しかけるなんて無礼だと叱られるかもしれないけれど、シヴァンを助けるためなら、炎の神もきっと許してくれるはずだ。

叉羅国(サーラこく)とムラッカ国の戦争は終わった。

しかし、これで安心できると喜ぶはずの民が、なぜか逆に不満や不安を抱えている。

——このままでいいのかな。

茉莉花(まつりか)は白楼国(はくろうこく)の文官だ。この状況をどれだけ心配していたとしても、表向きは叉羅国の政(まつりごと)に関わってはいけない。

どうしたらいいのかを迷っていると、ムラッカ国との戦争が終結したことを祝う宴に、白楼国の代表として招待された。

祝いの宴には、勿論ラーナシュやシヴァンもいる。

茉莉花はラーナシュへ挨拶をするついでに、最近の首都の人々の様子について尋ねてみることにした。

「……やっぱり、マツリカも心配していたか」

「対策はありますか？」

「今の状況を正式に発表して、領土の奪還を誓(ちか)う……というのが一番の良薬だが、将軍たちが反対している。戦争が終わった途端、白楼国との同盟をなかったことにしようと主張する大臣もいる。問題ばかりだな」

ラーナシュは、みんなの意見をまとめるために、毎日走り回っている。

一対一ならわかり合えるときもある、と言って、ほとんどヴァルマ家に帰ってこないのだと、マレムから聞いていた。

「皆の不安や不満をこのまま放っておくわけにはいかない。……だから今、光の神子の儀式を早めないかと提案している最中だ」

元々は二つの王朝を一つにするための作戦だったけれど、他の問題もまとめて解決する作戦にしたい、とラーナシュは言い出した。

(たしかに、それもありかもしれない)

叉羅国が抱えている様々な問題は、まったく別のものというわけではない。どこかで繋がっている問題も多い。

「マツリカを儀式に同行させる話もしておいた。反対は多かったが、『同盟国だとしても、異国の軍人を国内に入れたことは事実だ。寧ろもっと早くに光の神子へ挨拶をさせておくべきだった』という俺の言葉に、理解を示す者もいた」

大事な儀式に異国人を同行させるなんてこと、白楼国でも大反対される。

そこをラーナシュとシヴァンが、かなり強引で無理やりだっただろうけれど、なんとか説得してくれたようだ。

（大変だっただろうな……）

茉莉花は、荒（あ）れに荒れた会議の様子が簡単に想像でき、身体（からだ）を震（ふる）わせた。

「マツリカの方はどうだ？　儀式の再現の準備は間に合いそうか？」

「はい。山頂までの北側の山道も見つかりましたし、整備を目立たないようにしてほしいとお願いもしてあります。あとはラーナシュさんとシヴァンさんが新しい光の神子を用意するだけですね」

新しい光の神子に必要な条件は、いくつかある。

絶対に誰にも真実を明かさずにいられる人であること。

ある程度の演技ができる人であること。

ラーナシュとシヴァンの両方の味方になれる人であること。

光の神子が期間限定であることに納得できる人であること。

茉莉花は、自分の国で選ぶのならと考えてみたとき、ため息をついた。

全部の条件を満たせる人物を想像してみると、あまりにも人間ができすぎていて、見つかるのだろうかと不安になったのだ。

「……光の神子に相応（ふさわ）しい人を、わたしも考えてみたんです。シヴァンさんにも話しておきたいので、こっそり別室に集まれませんか？」

ラーナシュは少し考え、よしと頷いた。

「あの扉を出て左に向かうと、空中庭園に出る。空中庭園の右奥には、白い花を咲かせている植木の壁があるから、そこに集合だ。夜風に当たりたいと言えば、空中庭園に案内されるだろうから、誰かにわざと聞け」

茉莉花は挨拶回りを終えたあと、天河に行き先を告げ、それから「酔い覚ましをしたいから夜風に当たりたい」と警護の兵士に訊いてみた。

すると、ラーナシュが言っていた通り、空中庭園の場所を教えられる。

少し酔っているような足取りで空中庭園に出てみれば、そこは緑と花の楽園で、思わず歓声を上げそうになってしまった。

(いけない、いけない。誰にも見られないように気をつけないと)

花に興味を示しているふりをして、あちこちを見ておく。人がいないことを確認しながら、右奥にある白い花を咲かせる植木の前で立ち止まった。

「くだらん宴だ」

文句を言いながら現れたのはシヴァンだ。

先ほどは一応、アクヒット家の当主と白楼国の文官として、挨拶と談笑をした。しかし、人の眼がなくなった途端、シヴァンは不愉快だという顔になる。

「お疲れさまです、シヴァンさん」

「用があるなら早く言え」

「待ってください。ラーナシュさんもきてから……」

茉莉花がラーナシュを探すように視線を動かせば、ラーナシュも現れた。

「すまん、遅くなった。反対方向に向かって、ぐるっと回ってきたんだ」

この三人で密談しているところを見られるわけにはいかない。気をつけすぎるくらいでちょうどいい。

「マツリカ、光の神子の人選の話だったな」

「はい。わたしなりに、候補を考えてみたんです」

茉莉花はゆっくりと両手を握ったり開いたりした。ラーナシュと違い、茉莉花は運動能力が高くない。とっさに動くことができないので、準備運動が必要だ。

「ラーナシュさん、シヴァンさん」

覚悟(かくご)を決めて、茉莉花は二人の名前を呼ぶ。

「──貴方たちが、光の神子になるべきです」

とても簡単な言葉で、最も大事なことを告げる。

ラーナシュとシヴァンは、ほぼ同時に首をかしげ、なにを言っているのかわからないという顔になった。

「ラーナシュさんと、シヴァンさんが、光の神子になるんです」

茉莉花は、もう一度、ゆっくり、絶対に、意味が通じるように告げる。

二人の頭にようやく茉莉花の言葉が届いたのか、ゆっくりと眼を見開き……。

「俺が……」

「この私が……」

今だ‼　と茉莉花は力を振り絞って両手を前に突き出す。

「んっ⁉」

「ふぐっ‼」

ラーナシュとシヴァンの「光の神子だと⁉」という叫びを、茉莉花は二人のくちをふさぐことで、見事に防ぐことができた。

「光の神子に適する人物像を色々考えたのですが、そこまで都合のいい人間はいません」

「……た、たしかに」

ラーナシュが困惑しながら同意する。

「光の神子だと崇められることになったら、途中で『引退します』『はいどうぞ』というわけにはいきません。一生を光の神子として過ごすのは、本当の光の神子なら可能でしょうが、演技でやらせてしまっている相手には苦痛でしょう」

苦痛だと思えば、真実を明らかにすることで逃れようとするかもしれない。

茉莉花はそれを責められない。きっとラーナシュもだ。

「司祭なら、元々王に次ぐ地位をもち、崇められています。『光の神子』にしなくても、『光の神子のお告げを聞いた』で充分です。国が荒れているから、光の神子がお告げをくださったという形にしてしまえば、お告げが今回限りでも不自然ではありません」

『絶対に誰にも真実を明かさないでいられること』『ある程度の演技ができること』『ラーナシュとシヴァンの両方の味方であること』『光の神子が期間限定であることに納得できること』のすべてを、司祭であるラーナシュとシヴァンなら満たせる。

「ジャンティはどうする？　協力するわけがない」

三人の司祭が同じお告げを聞いたら、皆が納得する。

しかし、そんなことはないと一人でも言い出したら、疑う者が必ず出てくる。

「大丈夫です。ジャンティ司祭が『私もお告げを聞いた』と言わなければならないように、誘導しましょう」

ジャンティの性格は、ラーナシュからもシヴァンからも聞いている。彼は自信家で、司祭であることに誇りをもっている人だ。おそらく、都合よく動いてくれる。

「まず、ジャンティ司祭の眼の前で奇跡を見せつけます。ラーナシュさんとシヴァンさんには、『この奇跡を起こせたのは、光の神子のお告げを聞いたからだ』と言ってもらいます。ジャンティ司祭は、お二人から『お前も聞いたよな』と同意を求められたら、『違う』

と言い出せなくなるでしょう。神のお告げが聞こえなかったことを明かしたら、一人だけ司祭に相応しくないと非難されてしまいますから」

ジャンティは、ありもしない光の神子のお告げが聞こえなかったことに戸惑うだろう。そして、このことを決して気づかれるわけにはいかないと、ラーナシュとシヴァンに話を合わせるはずだ。

「……マツリカは、やっぱり白楼国の皇帝殿の臣下なのだな」

ラーナシュの納得したという声に、茉莉花は戸惑ってしまった。

「え？　あの、どういう意味でしょうか」

「『いいぞ、もっとやれ！』という意味だ。それで？」

「ええっと……坑道内での動きは、予定通りにいきましょう。光の神子の祭壇までの坑道は、最初がカーンワール家の担当、次がアクヒット家の担当、最後がヴァルマ家の担当になっています。ヴァルマ家の道の途中で、火薬を使って爆発音を立てるので、ラーナシュさんには『突然坑道が崩れて帰り道がなくなった』と騒いでもらいます」

火薬に火をつけるのは、茉莉花の役目だ。当日までに何度も練習しておこう。

「そのあと、ラーナシュさんとシヴァンさんの二人に、『光の神子のお告げが聞こえる』と言い出してもらいます。必ずどちらかが先頭になり、横に灯りをもっているわたしを立たせてください。わたしはうしろの人から見えないように指を差して正しい道を教えるので、みんなを導いているふりをしながら、出口に向かいましょう」

ラーナシュとシヴァンを光の神子にする案は、マレムとチャナタリにも話してある。

もしラーナシュやシヴァンになにかあり、代理の人が坑道に入ることになれば、作戦内容を代理の人に説明してほしいと頼んでおいた。

代理の人も王朝の統一に協力的だといいけれど、逆に王朝の統一に反対する人であれば、その時点で計画は中止だ。

(派手なことをするのなら、確実なものを積み重ねなければならない。……わたしは『代理の人』という確実なものを重ねられなかった)

あとでラーナシュとシヴァンに、怪我と病気に気をつけてほしいということを、しつこく言っておこう。

「坑道を出たあとは、神の使いや踊り子たちと合流して一緒に山を下り、麓に集まった人々へ神のお告げについての演説をしてもらいます。……——という作戦が最適だと判断したのですが、どうでしょうか？」

ラーナシュとシヴァンが「やる」と言わない限り、司祭が光の神子になるという作戦は決行できない。

茉莉花が二人の顔をじっと見つめれば、先にラーナシュがくちを開いた。

「やるしかないな」

素敵な笑顔を向けられ、茉莉花はほっとした。

「まったく、なぜ私がこのようなことを……」

シヴァンは文句をぶつぶつと呟くけれど、嫌だとは言わなかった。

演説の内容については、これから二人に考えてもらおう。ラーナシュは教誨がとても上手だ。きっと民を説得できるような素晴らしい演説をしてくれる。

問題は山積みだけれどいい方向に進んでいる……と茉莉花が手応えを感じたとき、ラーナシュの表情が変わった。

「……待て。なにか妙な音が聞こえる」

ラーナシュが「静かに」と鋭く言ったあと、耳を澄ませる。

茉莉花も周囲の音を聞くことに集中してみるけれど、よくわからない。ラーナシュの耳はかなりよさそうだ。

「足音、歓声……まずいぞ、これは！」

ラーナシュが立ち上がり、空中庭園の中央に向かって駆け出す。

茉莉花が急いで追えば、ラーナシュはもう柵に手をかけ、城下に向かって身を乗り出していた。

「光……！　民が王宮に押しよせている！」

「暴動か⁉」

シヴァンの慌てた声に、ラーナシュはわからんと返事をした。

「先頭は民だ。武器をもっていない。おそらく、不安と怒(いか)りを聞いてほしくて王宮まできただけだ」

ラーナシュは眼もいいのか、まだ距離(きょり)があるのに断言した。

「だが、王宮で祝いの宴が行われている夜にちょうど暴動が起きるなんて、本当に偶然(ぐうぜん)なのか？　扇動者(せんどうしゃ)がいるかもしれんぞ」

シヴァンは暴動の黒幕の存在を警戒する。

茉莉花は、続々と集まってくる小さな灯りを見て、どこかで「やっぱり」と思ってしまった。城下の宿に泊まっていたので、民たちの不安をずっと見聞きしていたのだ。

「マツリカは白楼国の武官と共に姿を隠せ。俺たちはタッリム国王陛下を避難(ひなん)させたあと、民の説得に当たろう」

行くぞとラーナシュが言ったとき、王宮の門がゆっくりと開いた。

「いかん！　民の怒りを利用しようとしている者がいる！　この暴動は、ある程度は計画されたものだ！」

暴動の発生条件は満たされている。

——不安、不満、大きな怒り。

そんなときに『王へ訴えに行こう』と言われたら、『そうだ』と同意してしまう。

騒ぎを聞きつけた人たちが集まってきたところを狙い、扇動者がみんなで行こうと誘えば、人がさらに集まる。

今の状況なら、暴動を意図的に発生させることは、そう難しくない。

「説得は危険すぎます！　ラーナシュさんたちもまずは王宮から脱出を！」

「ああ、そうだな。マツリカ！　お前は必ず仲間と行動しろ！　あとで合流だ！　シヴァン、俺たちはタッリム国王陛下を逃がすぞ！」

駆け出したラーナシュを追いかける形で茉莉花も走る。

宴の間に入れば、もう全員が暴動の話を聞いたらしく、ざわついていた。

「天河さん！」

「茉莉花さん、急いで移動を。点呼！」

天河の周りには、今夜の宴に出席していた武官が揃っていた。

「マツリカ！　王族のみが知る脱出路を使うことになった。そこから皆で王宮を抜け出すぞ。そのあとは庇ってやれるかどうかわからないから、自力でどうにかしろ」

ラーナシュが皆を誘導し始め、茉莉花にも声をかけてくれる。

「ありがとうございます！　天河さん、皆さんについていきましょう」

茉莉花たちは、王宮の大まかな構造しか知らない。

天河も、今はラーナシュと共に動いた方がいいと判断した。

「茉莉花さんには、ここの使用人の服を着てもらいたかったのですが、着替える時間はありませんね」

天河は周囲を見て、女性の使用人の姿を探す。

茉莉花も天河も、宴には白楼国の官服を着ていった。異国人だとわかる姿でいるのは危険だけれど、諦めるしかない。

(わたしは天河さんたちと一旦どこかに身を潜めて、服を替えて髪と顔を隠し、叉羅国内に派遣されている白楼国軍の部隊と合流する)

そのあと、赤奏国に一時撤退だ。この暴動が小規模なら、そこまでする必要はないけれど、今は最も危険な場合を想定して動かなければならない。

「こっちへ！　急げ！」

王を守る近衛隊や大臣たちが、慌ててタッリムのあとをついていく。

茉莉花も彼らに続き、壁にしか見えないところから隠し通路へと移動し、階段を下りていった。

「地下通路……」

王族にのみ伝わる脱出路の話を、三人の司祭たちは聞いてはいたが、どこにあるのかまでは知らなかったらしい。ラーナシュは「こんなところに……」と興味深そうに呟く。

「タッリム国王陛下。この通路はどこに繋がっているのですか？」

シヴァンの問いに、タッリムが答えた。

「水路だ。船に乗れば、川に出る」

夜の闇に紛れて、船で首都を脱出する。

タッリムたちは、民が落ち着いてから王宮に戻るつもりだろう。

茉莉花たちは船に乗って脱出したあと、別行動だ。だからこそ、茉莉花は暴動を起こした人物を気にしていた。

（黒幕がいるのなら、脱出されることも計画に入っているはず。首都の完全封鎖まではできないと思うけれど……。とにかく、無事に逃げきれますように）

足音がやけに響く地下道を通っていくと、水の音が聞こえてくる。

もう大丈夫だろうと皆が安心しかけたとき、前方から声が響いてきた。

「民を見捨てるだけではなく、ついにその身を異国へ譲り渡すみたいだな」

茉莉花にとって、聞いたことがない声だ。けれども、明らかに敵意をもたれていることはわかる。

「茉莉花さん！　下がって！」

相手が誰であっても危険だと判断した天河に庇われ、茉莉花は前が見えなくなった。

「ミルーダ叔父上⁉」

「……シャープル⁉」

ラーナシュの驚きの声と、シヴァンの驚きの声が重なる。

「ラーナシュよ。お前はヴァルマ家の当主に相応しくない。カーンワール家とアクヒット家への憎しみを忘れただけではなく、異国と同盟を結び、さらには光の神子の儀式を勝手に早め、異国人を参加させようとしている！　恥を知れ！」

「マツリカはタッリム国王陛下の客人だぞ！」

「タッリムに王たる資格はない！」

憎しみの重みと恐ろしさを、茉莉花はようやく本当の意味でわかった。

ラーナシュがアクヒット家と手を組もうとしたら、次の日には大通りに死体となって転がっていると、以前シヴァンが言っていた。今まさに、シヴァンの言った通りのことがここで起きているのだ。

(ジャスミンはそこまで怒らない。それはきっと若いから……！)

ジャスミンはシヴァンに「眼を覚ましてくれ」と訴えるだけだろう。

しかし、もっと年齢を重ねていたら？　それだけの憎しみを募らせていたら？

「司祭さま！　ご無事ですか⁉」

若い女の声が聞こえてきて、茉莉花は息を呑んだ。この声は……。

「どうか眼を覚ましてください！　あの女は、聖なる炎で燃やし尽くしますから！」

——サミィ！

アクヒット家の使用人である少女が、声を張り上げている。

「司祭さま、さぁ、こちらへ。私がシャープルさまに、司祭さまが異国の魔物と出会ってからおかしくなってしまったことをお話ししたのです」

シヴァンとしては、余計なことをするなと言いたいだろうが、サミィは本当に心からシヴァンを心配しているだけなのだ。

（わたしは、サミィに嫌われていることを知っていた。石を投げこまれたときも、それぐらいならと見逃した。これはわたしの失態だわ……！）

シャープルもまた、ラーナシュの叔父と同じように、憎しみをこめた瞳をシヴァンに向けているのだろう。

「シヴァン、神の炎による浄化の儀式を受けるのであれば、お前の罪を許そう」

「自ら神の香油を頭からかぶり、火をつけろと？」

シヴァンが鼻で笑ったうしろで、茉莉花は恐ろしさに息を呑む。

シャープルはたしかシヴァンの従兄だ。身内にそんなことをさせようとするなんて、茉莉花の感覚ではありえない。

「シャープルさま！　司祭さまだけは許すとおっしゃっていたではありませんか！」

　サミィの驚きの声に、シャープルは冷たい声で返事をした。

「ああ、そうだ。神の炎による浄化の儀式を受けるなら許す。本来なら灰になるまで焼き尽くすところを、それで許してやろうと言っているんだ」

「……そんな！」

　シヴァンを慕うサミィは、騙された側であるシヴァンを救いたかっただけだ。全身を火傷させるような罰を与えたかったわけではない。

「おやめください！　司祭さまは異国の魔物にとりつかれた被害者です！」

「だからだ！　ただ許すだけでは、またとりつかれる！」

　シャープルがサミィに手を上げる。

　あっ、という誰かの叫び声が上がったあと、頬を打たれたサミィが地面に倒れこんだ。

「タッリム国王陛下も魔物にとりつかれているかもしれない、とナガール国王陛下に相談しに行ったら、ヴァルマ家の人間も似たような相談にきていた。……実に不愉快だが、今は目的が同じだからな」

　シャープルは、怒りに満ちた声を張り上げた。

「まずはこの国を守らぬ愚か者の処分だ！」

　シヴァンはシャープルの叫びに、迷わず言い返す。

「愚か者はお前たちの方だ！　白楼国と同盟を結ばなければ、お前たちは今ごろムラッカ国の軍人に殺されていた！」

シャープルとシヴァンが叫び合う中で、天河が低い声で茉莉花に話しかけてきた。

「はさまれています」

茉莉花がちらりと振り返れば、うしろから盾をもった兵士たちが近づいてきている。

（ナガール国王陛下が背後にいるのなら、暴動を発生させることでわたしたちをここに誘導することができる。ナガール国王陛下が関わっている可能性も考えなければならなかったのに……！）

様々な思惑が絡み合った結果、茉莉花たちにとって最悪の展開になった。

サミィを見逃したのも、光の神子の儀式を早めたのも、その儀式に茉莉花が参加することも、シャープルやミルーダが強硬手段を選ぶことになるほどの最悪の選択だったのだ。

「全員、武器を捨てろ。神の裁きを受けてもらう」

ミルーダが冷たい声を放つ。

ここで殺されてしまうのだろうかと茉莉花は冷や汗を流したが、兵士たちが手枷を取り出したので、ひとまずは捕まるだけのようだ。

茉莉花は天河に眼で合図をする。天河たちも黙って武器を地面に置いた。

光の山は、金剛石が採れる鉱山だった。

三百年前に発掘作業が終了してからは、王に王の証を授けた光の神子を讃えるための神聖なる山という位置づけになる。

ラーナシュの叔父ミルーダ、シヴァンの従兄シャープル、もう一人の国王のナガールは、神聖なる光の山で二つの王朝がついに一つになることを発表した。

民は歴史的瞬間を見届けようとして、光の山の麓にぞくぞくと集まっている。

「これより、タッリムと司祭たちに、国王としての、司祭としての資格が本当にあるのかどうかを、神に問う」

茉莉花たちは、光の山に連れて行かれ、儀式に使う坑道の入り口の前に立たされた。

ナガール、シャープル、ミルーダが、王家とヴァルマ家とアクヒット家のそれぞれで保管していた坑道の扉の鍵をもち、皆の前で扉を開ける。

カーンワール家で保管されている鍵は、ナガールの命令によってもち出されたようで、ナガールが代わりに鍵を外していた。

「全員、入れ」

国王のタッリムと、司祭のラーナシュとシヴァンとジャンティ、一緒にいた大臣たちと、茉莉花と白楼国の武官たちは、手枷をつけたまま坑道に入る。

茉莉花は、入った途端、暗すぎてなにも見えなくなった。不用意に動くのは危ないと判断してじっとしていると、荷物が放りこまれる。

「六日分の食料と水だ。光の神子の祭壇までの往復は、これでできるはずだ。この扉は封鎖しておく。もし神がお前たちをお許しになるのなら、助けるために奇跡を起こすだろう」

これは処刑ではなくて神に審判される儀式だと、ナガールたちは集まった民に向かって主張した。

「これは処刑と同じだ！　なにが神に問うだ！　ふざけるな！」

大臣の一人が叫んだけれど、無視される。

絶対に出られないように扉を閉め、こちらの食料が尽きるのを待ち、餓死させようとしていることは明らかだった。

「それでは、これより儀式を始める」

ナガールの声と共に扉が閉められ、四つの鍵がかけられる音がしたあと、外の音は聞こえなくなる。

「たっ、助けてくれ！　私は異国人と手を組むことに反対したかったんだ！」

ジャンティが手枷をはめたまま、扉に体当たりを繰り返した。

しかし、ジャンティの肩が痛むだけだ。扉が動く気配はない。

「天河さん、白楼国側の助けはありますか?」

茉莉花が小声で天河に話しかければ、天河も小声で答えてくれた。

「念のために待機させている武官がいますので、今頃は陛下に使者を送り、判断を求めているでしょう。交渉によって我々だけでも救おうとするのか、脱出部隊を編成して扉の前の見張りを無理やり排除するのか、それともなにもしないのかは、陛下次第ですね」

ナガールは、白楼国との同盟をなかったことにするつもりだ。その白楼国に「我が国の官吏だけは助けてくれ」と交渉をもちかけられても、応じないだろう。

珀陽が脱出部隊を編成し、坑道の入り口の前にいる見張りを襲撃してしまったら、それはもう戦争だ。絶対に避けたい事態である。

珀陽がこちらを見捨てることにしたとしても、『白楼国の禁色もちの官吏』を二人殺した責任を、叉羅国に取らせなければならない。それも戦争に繋がるだろう。

(ただ待つだけでは、どうなっても陛下に負担をかける)

──自力脱出したあと、赤奏国まで一時撤退して、身の安全を確保する。

今、茉莉花がしなければならないことは、はっきりしていた。しかし、それが難しい。

(わたしは、どうしてあのときサミィを追いかけなかったんだろう。サミィに声をかけていれば、もしかしたら……！）

彼女の真意を知っていたら、きっとなにかできたはずだ。

「これから、どうしたらいいのか……」

大臣の一人の呟きが聞こえ、茉莉花は後悔を中断させる。

「……火を用意できますか？」

天河に頼めば、天河は手枷をつけながらも、器用に靴の裏へ仕込んでいたろうそくと火打ち石を取り出し、火をつける。

小さな炎だけれど、暗闇に慣れた眼には眩しくて、眼を細めてしまった。

「そんなにもちませんが、灯りがある間に手枷を外しましょう」

天河たちは、小さな刃物を靴の中から取り出し、腕輪を外して分解して組み直し、工具のようなものにする。それから皆の手枷を強引に壊していった。

手枷を外された者は、投げこまれた荷物を包む布をはがし、中身を確認し始める。

その間に、茉莉花はラーナシュにこっそり声をかけた。

「光の神子の祭壇で祈りたいと言い出してくれませんか？」

ここから光の神子の祭壇まで向かうには、シヴァンとジャンティの協力がいる。

ジャンティがゆるやかに死へ向かっていることに気づき、すべてを諦めて絶望する前に、どうにかしてその足を動かさなければならない。

「わかった。なんとかしよう」

ラーナシュは、こんな状況でも茉莉花を信じてくれた。

「タッリム国王陛下。もしかしたら、坑道のどこかに外へ出られる穴があるかもしれません。道がわかっているところだけでも、見てくるべきです」

ラーナシュの意見に、タッリムは賛成する。

「そうだな。司祭たちには、光の神子の祭壇まで行って戻ってきてもらおう。できる限り急ぐように」

ここで茉莉花は息を吸い、慎重に言葉を選んだ。

「わたしも一緒に行かせてください。異国人であるわたしは、この国の神に挨拶をしておくべきです」

「いや、しかし、光の神子の祭壇まではかなりの距離が……」

タッリムが女性である茉莉花を心配すると、シヴァンがタッリムの耳元にくちを寄せた。

「……タッリム国王陛下、この者たちは異国人です。今は緊急事態で、タッリム国王陛下をお守りできる人は限られております。異国人はできるだけ引き離しておくべきかと」

シヴァンは茉莉花を援護するために、茉莉花たちは危険人物かもしれないと主張する。

タッリムは、それもそうかと納得した。

「許可しよう」

「ありがとうございます！」

茉莉花は笑顔で礼を言い、司祭たちに頭を下げる。

「よろしくお願いします！」

シヴァンの助言のおかげで、天河たちが茉莉花についていくと言い出しても、止められることはなかった。

「各自、水と食料をもて」

移動の準備をしたら出発だ。天河は坑道を支える木枠から木を外し、食料を包んでいた布を切り裂いて巻きつけ、松明らしきものを数本つくる。その灯りを頼りに、茉莉花たちは集まった。

「出発するぞ」

まず、カーンワール家のジャンティが先頭に立つ。

松明をもつジャンティは、前を見ながらまっすぐ歩いて行った。

そのうしろをシヴァンとラーナシュ、天河たちが続いていく。

茉莉花は一番うしろにいた。この位置の方が、坑道を覚えやすい。

（見たままを記憶して繋げるだけでは、ずれが生じる。ずれの修正をするために、大きさがはっきりしているものを目印として使う）

白楼国の店では、壁の模様を目印にすることで、ずれを修正できた。しかし、坑道の壁に模様なんてない。

――ならば、どうしたらいいのか。

（ラーナシュさんとシヴァンさんの身長と手と足の大きさ。これを基準にして、ずれを直していくしかない）

茉莉花は、ラーナシュとシヴァンを視界に入れ、見たままを覚える。そこから数歩進んで、また見たままを覚える。

ひたすらそれを繰り返す。

「本来ならここで一旦休憩を入れるが、今日は通り過ぎるぞ」

ジャンティの言葉に、全員がそれでいいと頷いた。

祭壇まで片道三日間だけれど、それはかなりゆっくりな歩みを前提にしている。

神子候補たちを全員祭壇に連れていくことも、神官の仕事だ。少女の足に合わせ、何度も休憩を入れることになっているらしい。

（司祭は国王に次ぐ地位だけれど、きっとこの仕事に耐えられるように、普段から身体を鍛えているのね）

粗末な携帯食料だけで六日間も過ごすなんて、裕福な家の生まれであれば普通は耐えきれないだろう。

「うわっ！」

ジャンティのすぐうしろを歩くラーナシュが突然叫んだ。驚いた茉莉花は、思わず足を止める。

「ラーナシュさん、どうしましたか？」

「悪い。足下がぐらついて……」

転びかけた、とラーナシュが説明した。

シヴァンは手にもっている松明を、ラーナシュの足下に向ける。

「静かにゆっくり横へ移動しろ。その辺りの中央は歩くな。穴が開くぞ」

ここはとても古い鉱山なので、しっかり考えて掘られていたわけではないという話なら、茉莉花も知っている。

一本でも道を間違えたら、突然崩落しているところに出るかもしれないし、土砂が積もっていて先に進めなくなるかもしれない。

（ラーナシュさんは、いつまでもこの儀式を続けられるわけではないと話していた。祭壇に続く道は、いつか途切れる。……でも、みんなやめようと言い出せない）

伝統とはそういうものだだと、茉莉花も理解している。

いつか本当に道がふさがる日まで、司祭たちは神子候補を祭壇に連れていく儀式を続けなければならないのだ。

「一度休憩するか」

陽の光が差さない坑道の中では、香時計というものが使われる。香に火をつけて、燃え尽きた本数からどれぐらい経ったのかを判断するのだ。

今回は香時計の代わりに、使い捨てた松明の本数から朝になっていることを天河が教えてくれた。

「ここなら全員が休めるだろう」

ジャンティの言葉と共に、少し広くなっているところに出た。皆が横になっても大丈夫そうだ。

「鉱山の坑員が身体を休めるためにつくった広間だ。小さな祭壇もある」

ジャンティが祭壇に置いてある器を手にし、水路の水をすくい、祈りと共に捧げる。

ラーナシュもシヴァンも同じようにしていたので、茉莉花もそれに倣った。

「そろそろ出発を……」

ため息と共にジャンティが動こうとしたら、ラーナシュが引き留めた。

「いや、一日中動いていて、疲れもある。このままでは、なにかあったときに対処できない。食事と水をとろう。怪我がないかの確認もすべきだ」

長めの休憩をとることが決まったため、全員が食料をくちに入れ、水をしっかり飲む。

天河たちが新しい松明をつくり始めた横で、体力が誰よりも劣っている茉莉花は先に休ませてもらうことにした。

（ここまでの道順は、かなり複雑だった）

茉莉花は、入り口からここまでの記憶を頭の中で整理していく。

（まずは入り口から。ラーナシュさんとシヴァンさんの身長と手と足の大きさを基準にして、見たままの光景のずれを修正する）

茉莉花の頭の中にある大きな白い地図に、真っ暗な坑道が現れた。

（歩いて……ここで止めて、見たままの光景を修正して、貼りつける。歩いて、……止めて、直して、貼りつける。……あ、これ、ちぎり絵みたい）

大変な作業でも、知っている感覚とほぼ同じであることに気づけば、一気に楽しくなる。

——見たままの光景をちぎって、手元で修正して、貼る。

茉莉花の頭の中で、坑道という紙片が、ぺた、ぺた、と糊づけされていった。

「マツリカ、大丈夫か？」

座りこんで膝を抱えたままじっとしている茉莉花に、ラーナシュが声をかけてくれる。

茉莉花は、頭の中での作業に集中していたため、ラーナシュの言葉を正しく受け取れなかった。

「はい。少しななめに貼ってしまったところは、貼り直せるので大丈夫です」

「うん？　大丈夫なら、大丈夫ということか？　いや、あまり大丈夫ではないな？」

知っている白楼語を使い、茉莉花の言葉の真意をなんとか理解しようとしていたラーナシュは、顔をゆっくり上げた茉莉花と眼を合わせ……、言葉につまる。

茉莉花はこちらを見ているはずのに、明らかに別のものを見ていた。

「今のところ、やり直しておきますね」

茉莉花は、最後の一枚を丁寧に貼り直す。やっと終わったとほっとしたら、ラーナシュが変な顔をしていた。

「ラーナシュさん……？」

茉莉花が首を傾げれば、なぜかラーナシュも首を傾げた。


どん、という鈍い音が近くで聞こえた気がする。

茉莉花が暗闇の中で眼を開ければ、不安の声があちこちで上がっていた。

「なんの音だ⁉」

「今のはどこから……⁉」

天河が松明に灯りを灯すのとほぼ同時に、ラーナシュが叫んだ。

「ジャンティと見てくる！」

この辺りの坑道は、ジャンティのみ正しい道順を知っている。二人にあとを託したあとは、ひたすら待つしかない。

しばらくするとラーナシュとジャンティが戻ってきて、ラーナシュはほっとした顔で問題ないと言った。

「どこかで崩落があったんだろう。見てきた範囲に、崩れたところはなかった」

ラーナシュとは逆に、ジャンティは不安そうな顔で呟く。

「ここは古い坑道だ。祖父が儀式の最中に崩落の音を聞いたことがあると言っていた」

皆が眼を覚ましていたので、予定より早いけれど出発することになった。

荷物をまとめたジャンティは、不安そうな顔で歩き出す。

茉莉花は再び一番うしろの位置で皆についていった。

(身体はまだ疲れているけれど、頭はすっきりした)

まずは深呼吸をする。

——見たままを覚える。

——見たままを覚える。

ラーナシュとシヴァンの背中を常に視界に入れ、眼に映る光景をひたすら頭に叩きこんだ。

「カーンワール家の道はここまでだ」

思ったよりも早く、カーンワール家の道が終わった。

神子候補の足に合わせると三日かかるというだけで、無理をしたらもっと早くに祭壇までたどり着けそうだ。

広間のような場所で、全員が足を休ませるために腰を下ろす。

ラーナシュは水路の水を汲もうとし——……手を止めた。

「……砂が流れてきているな」

ラーナシュの呟きに、シヴァンが反応する。

「どういうことだ？」

「水路の先で、ひび割れている部分があるということだ。水路が単純に老朽化しただけならいいが……」

ラーナシュが水路に松明をかざせば、ジャンティが覗きこむ。

「たしかに砂だ……」

不穏な音を聞いたのはつい先ほどのことだ。まさか、と思うことでごまかした不安だったのに、再び不安をかきたてるようなものが流れてきていた。

「そういえば、休んでいるときにまた足下がぐらっとした」

ラーナシュの言葉に、シヴァンが頷く。

「たしかに一度揺れた気がする」

二人の司祭からの「揺れた」発言を聞かされたジャンティは、思わず足下を見た。

黒色の硬い地面が、とても脆く感じられるのはなぜだろうか。

「この辺りも危ないのか……？」

「かもしれないな」

いつ坑道が崩れるかわからない、という雰囲気が、ジャンティの不安をさらに膨らませていく。

「そろそろ進むぞ。タッリム国王陛下をこれ以上待たせるわけには……」

シヴァンが新しい松明をもつ。ここからはアクヒット家の道だ。

皆が荷物を抱え直したそのとき、ジャンティは焦った声を上げた。

「わっ、私はここに残る！」

ジャンティは、もっていた荷物を再び地面に下ろし、手を上へ下へと動かす。

「実は……歩いているときに、小石を踏んで足首を痛めてしまった！　ここまでは我慢して歩いていたが、そろそろ限界のようだ……！」

わかりやすい嘘だが、それを指摘する者はいない。

「ジャンティ、足首を見せてくれ。手当てを……」

ラーナシュの善意の申し出を、ジャンティは力強く断る。

「いやっ、大丈夫だ！　私はここでお前たちの帰りを待つ！　そのころには足首も少しは落ち着くだろう！」

心配だからやっぱり一緒に行こうと言ったら、ジャンティは走って逃げていきそうな顔になっていた。

シヴァンはため息をつき、皆の顔を見て、それでいいかと問いかける。

茉莉花が黙って頷けば、シヴァンは行くぞと言った。

「できるだけ早く戻る。無理はするなよ」

ラーナシュはジャンティに頭を下げ、次の休憩場所までの道を覚えながら歩いていった。

茉莉花はジャンティを気遣ったあと、シヴァンのうしろにつく。

「……ジャンティを置いていってもよかったのか？」

しばらく進んでから、シヴァンは立ち止まって呟く。

ラーナシュは身体を伸ばしながら、爽やかな笑顔で答えた。

「ジャンティがいたら邪魔だろう。なぁ、マツリカ」

同意を求められた茉莉花は、曖昧に笑う。

「あの……、休憩中の大きな音は……」

「俺がマツリカの代わりにやっておいたぞ。火薬がないから力業でな」

「……やっぱり、ラーナシュさんがやってくれたんですね」

元々、光の神子の儀式を再現するときにも、ジャンティや神子候補へ不安を抱かせるための細工をする予定だった。

——皆が眠るのを待ってからきた道を戻り、通らなかった道の先で火薬を使って小さな爆発(ばくはつ)を起こす。火薬の匂(にお)いは香の匂いでごまかし、崩落の音を聞いたこともないのに、ラーナシュやシヴァンが崩落したと断言する。

皆、ここが古い鉱山であることを知っている。不安になればなるほど、単純な嘘でも信じたくなってしまうのだ。

「砂が流れてきたというのも……」

茉莉花の確認に、ラーナシュが頷いた。

「俺がその辺の砂をこっそり拾って、水路に入れた」

シヴァンがやる予定だった細工を、またもラーナシュがやってくれたらしい。

「タッリム国王陛下は比較的(ひかくてき)安全な入り口付近で待機している。ジャンティは途中で置いてきた。これでマツリカは好き放題できるぞ。さぁ、どうする？」

ラーナシュだけでなく、皆の視線が茉莉花に集まる。

茉莉花は、ここから脱出できる唯一(ゆいいつ)の方法をくちにした。

「今から、坑道の地図をつくります」

カーンワール家の分の道は覚えた。このままシヴァンとラーナシュが歩いていけば、祭壇までの道も完璧(かんぺき)に把握できるようになる。

「おそらく、地上に出るための出口は、他にもあるはずです」

茉莉花は、白楼語(はくろうご)で同じことを天河たちにも言った。

すると、シヴァンが鼻で笑う。

「どうしてそんなことが言いきれる？」

「元々この鉱山は、ヴァルマ家、アクヒット家、カーンワール家の三家によって発掘されていました。アクヒット家史とヴァルマ家史を読めば、それぞれ別の坑道をもっていたこともわかります。そして、三百年前なら、計画的な発掘ではなく、好き勝手に掘り進めただけでしょう。どこかでうっかり坑道が交わることもあったはずです」

繋がってしまった部分は、木の板かなにかでふさいだはずだ。わざわざ岩や土で埋めて固めるという面倒なことはしなかっただろう。

「俺とシヴァン、レイテンガとその部下の四人で合計七人の男がいる。それでも素手で木の板をはがすのはかなりの無茶だぞ」

「私を力仕事の数に入れるな！」

シヴァンの抗議をラーナシュは無視し、どうするつもりだと茉莉花に問う。

「ナイフはあるみたいだが……」

捕まったときに、武器はすべて奪われてしまった。天河たちは、靴に忍ばせた小刀をもっているけれど、打ちつけられた釘を引き抜けるような道具ではない。

「えっと、少し向こうを向いてもらってもいいでしょうか」

茉莉花は、腕と指をまっすぐ伸ばす。

「いいぞ」

ラーナシュはどういうことだと首をかしげつつも従ってくれた。茉莉花はシヴァンにも、そして天河たちにも頼み、皆の視界から自分を外す。

（まさかのときの準備がこんなにも役立つなんて……！）

茉莉花は自分の服の裏に隠しておいた道具を、一つずつ地面に落とした。

「多分、これでなんとかなるかと……」

茉莉花がもう見ても大丈夫だと告げれば、皆は茉莉花の足下にある釘抜きや小さな金槌などを見て、眼を見開く。

「これは……」

「異国でなにかあったときのことを考えて、女性武官に用意してもらったものです」

女性の文官にしか見えない茉莉花は、武器らしい武器をもっていなかったので、ナガールたちに服の中まで調べられることはなかった。

珀陽が、万が一のことがあっても逃げられるように、と手配してくれたことが、早速役立つようだ。

「これならどうにかなるかもしれないな。どこから行くか？」

ラーナシュの明るい声に、茉莉花は少し救われる。無謀なことをやろうとしているのはわかっている。でもやるしかない。

「まずは光の神子の祭壇まで連れて行ってください。わかる範囲だけでも、光の山の中を把握しておきたいんです」

「わかった。このまま進もう」

坑道はかなり入り組んでいるけれど、基本的には下に向かっている。

崩落したら発掘を断念し、別の場所で穴を掘り進めるということを繰り返したのなら、穴の向きに規則性はない。だから松明の灯りがあっても、迷路のように思えるのだ。松明の灯りすらない神子候補にとっては、暗闇が永遠に広がり続けているように感じられただろう。

（荷車を押せるような大きな坑道の数は、そう多くないはず。大きな坑道から木の枝のように細い坑道が延びていっている）

全体像が見えてきたら、茉莉花にとってここは暗き迷宮ではなくなる。

（神子候補が入り口に戻れないのは、迷路のようになっているせいもあるけれど、脇道がきちんと封鎖されていないという理由もありそうだわ）

崩落した部分に足を踏み入れ、二度と戻れなくなった神子候補も多かっただろう。

（今は安全な坑道を歩いているけれど、道探しのときは気をつけないと）

茉莉花は、記憶を整理したくなったら立ち止まってほしいと頼む。

アクヒット家の範囲の坑道を覚え、ヴァルマ家の範囲に入り……、およそ二日間で光の神子の祭壇にたどり着いた。

「少し時間をくれ。こんなときだからこそ、祈りを捧げておきたい」

ラーナシュとシヴァンは、本来の儀式のうち、守れる手順はできる限り守り、祭壇に跪いて丁寧に祈りを捧げる。

茉莉花はそのうしろで、ラーナシュとシヴァンの真似をした。

「行こう。ここからが本当の試練だ」

ラーナシュが皆の顔を見て宣言する。

これから、脇道を探し、あえてその中に入っていく。

危険すぎる行為だとわかっていても、生き延びるためにしなければならない。

「先頭は賢映だ。最後尾は俺と茉莉花さんでいく」

天河の指示に、ラーナシュは同意しながらも疑問をくちにした。

「歩く順番に意味はあるのか？」

「賢映は武官の中で一番小柄なので、瘴煙で倒れても担ぎやすいんです。茉莉花さんになにかあったときは、俺が担ぎます。茉莉花さんがいないと、どうにもならない作戦ですから」

鉱山で恐れなければならないのは、坑道の崩落だけではない。

毒を含んだ空気である瘴煙を吸うと、死んでしまうこともあるのだ。

坑員は瘴煙を警戒し、ろうそくを常に用意していて、ろうそくの炎が消えたら急いで引き返し、その穴を封じこめていた。

「瘴煙で封鎖した穴には目印をつけるらしい。今のヴァルマ家の鉱山で使っている目印ならわかるが、当時と違っている可能性もあるな」

ラーナシュは「こういう……」と指で目印を書いてみせた。

「茉莉花さん。右と左、どちらに進みますか？」

「右からお願いします」

賢映の問いに茉莉花は答え、深呼吸をする。

この先は、自分の記憶を頼りに皆が動く。

みんなで迷うのも、迷わず進めるのも、すべてが自分次第だ。

「足下が濡れています。気をつけて」

先頭を歩く賢映は、手にもっている小さな灯りと、すぐうしろの武官の松明の灯りに照らされる足下を見ながら、皆に細かい注意をしてくれた。

「……行き止まりですね」

しばらく歩いたあと、賢映が立ち止まる。

ラーナシュとシヴァンが目印を探したけれどなにもなかった。

元の坑道に戻ったあと、また別の脇道を探し始める。

脇道が見つかれば進み、行き止まりであれば戻ることを繰り返した。

「ここも行き止まりだ。おそらく崩れたんだろう。水も浸み出している」

「骨です。……大きさからすると、成人男性ではないですね」

「なにかの模様が岩に彫られている。瘴煙に注意しろという意味かもしれない。すぐに戻ろう」

茉莉花は、危険だと判断された部分を、頭の中の地図に書き入れていく。

坑道は平面ではない。いずれ危険な部分の上や下に出るかもしれないので、これはとても大事な情報だ。

「あっ……！」

集中しすぎると、足下への注意がおろそかになる。

小石を踏んだ茉莉花はよろけてしまい、天河に支えられた。

「大丈夫ですか？」

「はい、なんとか……」

そうは言いながらも、茉莉花は疲れを感じている。

この中で一番体力がないのは自分だ。けれども、坑道からの脱出は、自分がいなければ始まらない。

「息が上がっています。少し休みましょう」

天河の提案で、大きな坑道に戻ってから腰を下ろす。

茉莉花は、休んでいるはずなのにどこか息苦しくて、胸元を少し緩めた。

「坑道内は相当湿っている。ひんやりして歩きやすいように感じられていても、湿った空気のせいでだんだんと息苦しくなるんだ」

ラーナシュの説明に茉莉花は納得し、立てた膝に顔を埋めた。

自分の服がじっとりと湿っていて、それが妙に重く感じられる。

(今のうちに、危険地帯の推測と坑道の整理をしよう)

ヴァルマ家の範囲の脇道は、行けるところは行った。そのおかげで、坑道の大まかな全体図が見えてきている。

(南から入るこの坑道は、山の南側に留まっている。中央に向かう脇道を集中的に見ていった方がいいみたい)

松明が六本燃え尽きるまで休憩するつもりだと、天河が言っていた。

茉莉花は、水と少しの食事をとってから眼を閉じる。

(神子候補の骨があちこちにあった。……わたしたちもああなるのかもしれない)

死の恐怖がつきまとう中、なんとか冷静でいられるのは、他の人たちが冷静でいてくれるからだ。

暗闇の坑道を歩く訓練を受けているラーナシュとシヴァン。

戦場で命をかける武官たち。

彼らがいなかったら、茉莉花はもっと早くに動けなくなっていただろう。

交代で休んだ武官たちとは違い、茉莉花はずっと休憩することができた。睡眠(すいみん)もとれたので、身体が少し楽になっている。

再び動き始めてからしばらくすると、広間のようなところに出た。

「ここからはアクヒット家の道になります」

茉莉花の言葉に、シヴァンは首をかしげる。

「そう……、なのか？」

シヴァンやラーナシュは、どこへどう行くかを身体で覚えているだけで、見て覚えているわけではない。

現在地を一度見失うと、知っているはずの坑道や広間に戻ってきても、どこにいるのかがわからなくなってしまうのだ。

「これから山の中央に向かいましょう。左側の脇道に入ってください」

茉莉花は、今いるところが山のどの辺りなのかを把握できている。現在地と行き先は、できるだけみんなにも伝えるようにしていた。

「崩れている坑道の下を通るときは警告しますので、行くか行かないかはそのときどきで判断してください」

「……よくわかるな」

シヴァンが呆れたように呟く横で、ラーナシュが頼もしいと笑う。

ヴァルマ家の範囲を歩いていたときは、これだという脇道はなかった。そろそろ、なにか手応えがほしい。

「次も左に曲がってください。……この辺りは足下が濡れていますね」

排水のための溝があれば水を流せるのだが、溝がないところの方が多い。当時は必要なくても、時間が経ってここまで水が流れてくるようになったのだろう。

「木の板だ……！」

先頭を歩く賢映が立ち止まり、喜び交じりの声を上げた。

もしかしたら……と、皆が息を呑む。

「かなり傷んでいますね。これでは目印が……」

どういう理由で封鎖された道なのか、見ただけではわからなかった。

瘴煙か、この先が崩れているのか、行ってみるしかない。

「俺とシヴァンで崩そう。レイテンガたちはなにかあったら俺たちを担いで逃げてくれ」

「わかりました。賢映はそのまま灯りをもって木の板の傍で待機を」

簡単に打ち合わせをしたあと、作業に取りかかる。

シヴァンはなんで私がと文句を言いながらも手を動かし、ぼろぼろの木の板をはがしていった。

「いいぞ。そのまま……っと」

めりめりという音を立てて、木の板が倒れていく。その先にあるのは岩肌（いわはだ）ではなく、ぽっかりとくちを開けている穴だった。

全員が瞬（まばた）きもせずに賢映の手にある灯りを見つめ、小さな炎が消えないことを確かめたあと、息を吐（は）く。

「まだ安心するな。ゆっくり進むぞ」

天河の冷静な声で、全員が気持ちを引きしめ直す。

まず、賢映が小さな灯りをもって穴の中に入る。そのあとを松明をもったラーナシュとシヴァンが続いた。

「立ったまま歩けそうです。ここは人の手で掘られた穴ですね」

先頭の賢映からの報告に、ついにという期待を抱（いだ）いてしまう。

道なりにしばらく歩いていくと、賢映が不意に足を止めた。

「土砂でふさがって進めません。……静かに戻ってください」

最近埋まった坑道なのか、土砂が流れこんできて危険だから木の板でふさがれたのか、どちらなのかは判断できなかった。

（出口に繋がる唯一の坑道だったらどうしよう）

自分たちはいつまで生き延びることができるだろうか。

助けはきてくれるのだろうか。

——とにかく、息が苦しい。

元の道に戻れば、誰もが無言で立ち止まった。

天河の休憩しようという言葉のあと、腰を下ろしていく。

茉莉花は眼を閉じて座り、少しでも疲れをとろうとした。

他の人は、茉莉花と同じように座っていたり、立ってなにかの作業をしていたりする。

「閉じこめられて三日ぐらいか。早く出て叔父上たちをどうにかしないと、白楼国との同盟が破棄（はき）されてしまう。……急がないと」

ラーナシュの呟きに、シヴァンが舌打ちした。

「……まさか、ここから出たらすべてが上手くいくとでも？」

茉莉花は、苛立ちを隠さないシヴァンの声に不安を覚え、慌てて眼を開ける。

「色々やり直しになるだろうが、脱出した姿を見せたら『神の許し』だ。叔父上たちも納得してくれる」

ラーナシュの言葉を、シヴァンは鼻で笑い飛ばした。

「おめでたいやつだな。ここからなんとか脱出しても、こんな泥まみれの姿では、『神の許し』になるわけがない。偶然出てきたと思われるだけだ。今度は普通に処刑されるだろうな」

シヴァンは眼を細め、ラーナシュに近づく。

「それどころか、民が私たちを殺そうとするかもしれない。ナガール国王陛下のおかげで折角王朝が一つになりかけていたのに、どうしてくれるんだと叫ぶだろう」

「……なんだと？」

ラーナシュの声が、一気に低くなった。

茉莉花は、二人を止めるべきだろうかと、はらはらしながら立ち上がる。

「貴様はまだなんとかなると思っているようだから、私が教えてやろう。この国はもう駄目だ。ついに滅びる。私たちはここから出たら、さっさとサーラ国を見限るべきだ」

国と王と民を導く司祭であり、二重王朝問題の解決の協力をずっとしてきてくれたシヴァンが、すべてを諦めてしまった。

シヴァンがいなければ、作戦を続行することも、修正することも不可能だ。

「お前はそれでいいかもしれないが、残された民はどうなる⁉」

「民は私たちを助けずに見捨てた。同じことをされるだけだ。自業自得というのは、このことだろう！」

二人の言い争う声がどんどん大きくなる。

叉羅語がわからない天河たちも、言い争っていることはわかるので、止めるかどうかを迷っていた。

「全部、民が望んだことだ！　私たちが坑道に放りこまれることも、出てきた私たちを王朝統一の敵として殺すことも！」

「民たちはなにも知らない！　一度だってきちんと説明されていなかった！　司祭である俺たちが説明をして、それから俺たちを殺すか殺さないかの判断をさせるべきだ！」

シヴァンはラーナシュの『司祭』という言葉のところで舌打ちをする。

「……司祭だって？　ふん、貴様はまだヴァルマ家の司祭のつもりなんだな。今のヴァルマ家の司祭はミルーダだ。貴様はもう司祭ではない。いつまでも夢を見ていないで、早く現実を受け止めろ！」

シヴァンがラーナシュの胸元を摑めば、ラーナシュが眼を見開き、勢いよく自分の拳を動かした。

ばきっという、思ったよりは軽い音が鳴る。

（あ、ああ……っ‼）

茉莉花は、ラーナシュがシヴァンを殴ることを予想できていたはずなのに、止められなかった。そして、このあとの展開も予想できているのに、止められそうにない。

「……、ラーナシュ、よくもこの私を‼」

だったら、他の人を頼るという方法がある。茉莉花は急いでくちを開いた。

「天河さん！　シヴァンさんを押さえてください！」

殴り合いになる前に止めなければならない。

茉莉花の必死の声に天河はすぐ反応し、シヴァンとラーナシュを引き離した。

「ええい！　離せ！　私に触るな！」

シヴァンが叉羅語を話せない天河に叉羅語で文句を言っている間に、茉莉花はラーナシュの腕を摑む。

「ラーナシュさん！　こっちへ！」

とにかく頭を冷やしてもらわなければならない。

茉莉花が腕を摑んだまま歩き出せば、ラーナシュは素直に従ってくれた。怒りを発散したことですっきりしたのだろうか。

（シヴァンさんは逆に怒りをためてしまったでしょうけれど……！）

互いに一発ずつ殴り合ったあとに止めた方がよかったことに、今更気づいた。

「……なぁ、マツリカ」

少し歩いて、シヴァンの声が聞こえないぐらいのところにきたとき、ラーナシュがようやくくちを開く。

「ここを脱出できたあと、俺はタッリム国王陛下とシヴァンを連れて、どこかに消えた方がいいだろうか」

「え……？」

ラーナシュの真剣なまなざしと声に、茉莉花は驚く。

脱出したあと、ラーナシュは皆の前に姿を現し、叔父のミルーダと戦うものだと思っていた。先ほど、シヴァンにもそう言っていたはずだ。なぜ今になって急に意見を変えたのだろうか。

「それは……」

「シヴァンの言った通り、王朝の統一はある意味なされた」

タッリムがこのまま光の山から出てこなかったら、ナガールはただ一人の王となり、二重王朝問題が解決する。ラーナシュは、王にならなくてすむ。

「あれだけ王朝の統一をどうやってしようかと悩んでいたのに、あっさり終わってしまったな。俺の望んだ形ではないが、これでサーラ国は平和になる」

これから、唯一の国王と新しい三司が、この国を導いていく。

今まさに、ラーナシュの希望が叶い、平和な国になろうとしていた。

「王になる覚悟を決め、司祭である自分という代償を支払った結果がこれだ。いや、ある意味、俺は自分を褒めてもいいだろう。……よくやったと」

褒めてもいいと言っているのに、ラーナシュの声は苦しそうだ。

（脱出後にラーナシュさんがなにもしなければ、叉羅国は長年の苦しみから解放される。……それは、本当に？）

ラーナシュが、尊敬する王と協力者のシヴァンを切り捨てる覚悟をしてまで手に入れようとした『みんなの幸せ』が、こんなにあっさり手に入るのだろうか。

血で血を洗う歴史は、この坑道内にいる人の犠牲(ぎせい)ではねのけられるものなのだろうか。

（よく考えて。この結末は、本当にみんなが納得できるものなの？）

叉羅国で生きる人々は、ナガールやミルーダ、シャープルだけではない。

ヴァルマ家の人々、アクヒット家の人々、カーンワール家の人々、王宮で働く人たち、城下で生きている民たち、ムラッカ国に土地を奪われて逃げてきた人たち、その他にもたくさんいる。

（叉羅国で生まれ育ったジャスミンは、本当にこれでいいの……⁉）

もう一人の自分に問いかけたとき、考えるよりも先に答えが出てきた。

「……わたしは嫌です！」

茉莉花が納得しても、ジャスミンが納得できずに叫(さけ)んでしまう。

驚くラーナシュに、茉莉花は首を振(ふ)る。

「ジャスミンは怒(おこ)ります！　尊敬している司祭さまが光の山の坑道で殺された。それを、

『異国人を引きこんだ罪だ』で納得できるとでも⁉」

　そうだと怒りが押しよせてきた。

　ジャスミンは国の政なんて知らない。でも、自分の主人の素晴らしさは知っている。

「司祭さまはそんなことをしません！　なにかの間違いです！　誰かが罪を捏造したんです！　いつもみたいに！」

　三司の家の人間も民も、二重王朝と三司の争いが日常となってしまった。

　——また始まった。いつものあれだよ。

　今回の民の暴動だって、元はといえば『いい加減にしてくれ！　他所の国が攻めてきたというのになにをやっているんだ！』という二重王朝への怒りがきっかけだ。

「ラーナシュさん！」

「おっ、おう！」

　茉莉花は、今度は白楼国の文官『晧茉莉花』の立場で話す。

「ナガール国王陛下や、ミルーダさんや、シャープルさんは、民に支持されているわけではありません」

　それはきっと、彼らもわかっている。だから……。

「いつものくだらない争いが始まった、と言われたくないから、神を頼ったのです」

　ラーナシュたちは、民に断罪されたわけではない。まずはそのことをはっきりさせる。

「この裁きでわたしたちが死ぬのは当然です。扉に鍵がかけられていますから。この裁きに納得する人も、しない人もいます。そして、納得しない人から、新たな憎(にく)しみと争いが生まれます」

ジャスミンは、身勝手なナガールたちを許さない。おそらく、サミィもだ。

マレムも、ミルーダを許せないかもしれない。

巻きこまれたカーンワール家も、アクヒット家とヴァルマ家への憎しみを強くするだろう。

「それに、タッリム国王陛下の王子殿下(でんか)たちが、このまま引き下がるとは思えません」

タッリム側の人たちは、このような形での王朝統一に納得しない。

周辺国に自国が狙(ねら)われていることをわかっていても、タッリムの仇(あだ)を討(う)つために新たな戦いを始めてしまう。

「強い憎しみによって誤った判断をしてしまうことは、よくあります。わたしも、そういう人を見たことがあります。……タッリム国王陛下のご家族が、ナガール国王陛下を討つために異国を頼り、異国に利用され、気づいたら叉羅国がなくなっていた、という可能性も充分にあるんです」

王朝を無理やり統一しても、そのせいで叉羅国が消えてしまうのなら、意味はない。

眼の前にある『王朝統一』に、気軽に飛びついては駄目だ。

「ラーナシュさんは、この二重王朝問題を、最初は白楼国の皇帝陛下を叉羅国の王とすることで、次は光の神子の伝説を利用することで、いつだって皆が納得して皆が幸せになれる形で解決しようとしました」

国も王も家も民も、みんなで幸せになれる未来に進もうと言えるのは、叉羅国に生まれ育ちながらも外の国で学ぶことができたラーナシュだけなのだ。

「わたしとジャスミンは、貴方が夢見る『皆が幸せになれるやり方』で二重王朝問題を解決してほしいんです。貴方とシヴァンさんには、司祭のままでいてほしい」

きっと司祭のラーナシュは、多くの人を救う。

ラーナシュの言葉に救われた茉莉花だからこそ、断言できるのだ。

どうか諦めないでほしいと、祈るような気持ちでラーナシュを見つめていたら、ラーナシュの暗い表情がゆっくり変化していき……。

「……ふっ、はははは！」

心から楽しいと伝わるラーナシュの明るい笑い声が、坑道内に響いた。

「え……？」

先ほどまでの落ちこんだ様子はどこかに消え、いつものラーナシュに戻っている。

「いやいや、マツリカ、元気は出たか？」

爽やかに笑いかけられ、茉莉花は固まった。

（元気が出たのか……というのは、わたしの言葉で……って、えぇ!?）

まさか、と眼を見開くと、ラーナシュがうんうんと頷く。

「怒ったり叫んだりすると、元気が出るだろう。お前は喧嘩をしている者や落ちこんでいる者を放置できない優しい人間だからな。だからシヴァンに一芝居つきあってくれと頼んだ。……うん、前を見られるようになってよかった」

疲れたら、自然と視線が下に落ちる。

それに加えて、不安や焦りから気分も落ちこみ、顔を上げられなくなる。

ラーナシュとシヴァンは、茉莉花を励ますために、わざと喧嘩し、わざと弱気なことを言い、感情を揺さぶることで元気を引き出そうとしたのだ。

「言っておくが、先ほどの喧嘩と弱気はまったくの嘘ではないぞ」

自信満々にラーナシュが言いきったので、茉莉花は再び眼を見開く。

「そう、なのですか……？」

「折角の計画が全部駄目になった。シヴァンの主張は、半分くらいは本気だろう。俺だって落ちこんだ。このままの方がいいのではないかと迷った。……俺が落ちこむということは、理解者のマツリカも落ちこむということだ。お前は冷静にやるべきことをやって、なんとか自分の弱気をごまかそうとしていたけれど、近くで見ていればわかる」

ラーナシュは茉莉花の瞳を覗きこんだ。

「どうやって励ますのかを考えながら歩いていたら、なぜか俺の心の中にあった弱気がどこかへ行ってしまった。だから、マツリカも同じだろうと考えたんだ」

ラーナシュが弱音を零せば、茉莉花は必死に励まそうとするだろう。

どうしたらいいのかを考えているうちに、弱気がどこかへ消えるだろう。

「俺の予想通りにマツリカの顔が上がったから、嬉しいぞ」

ラーナシュは心からとても喜んでいたので、茉莉花はつられてしまった。

「……はい。ラーナシュさんとシヴァンさんのおかげで、元気が出ました」

先ほどまで感じていた言葉にならない不安が、小さくなっている。なくなったわけではないけれど、見て見ぬふりをすることはできそうだ。

「マツリカの真似をしただけだが、上手くいってよかった」

「……真似？」

なにを真似したのだろうかと考えてみたけれど、心当たりがまったくない。

ラーナシュはわからないという顔をしている茉莉花を見て、にっと笑った。

「俺が落ちこんでいたとき、面白い話で笑わせてくれた。だから次は俺が励ましたかったんだ」

——できる範囲で助け合おう。恨みっこなしだ。

あのときの言葉が、ラーナシュと茉莉花を互いに救っている。

「わたし……泣きたかったんです。自分のせいで作戦を駄目にしてしまって、たくさんの人の命を危険にさらして、取り返しのつかないことになっていて、不安で……」

「うん。いいぞいいぞ、俺の胸で好きなだけ泣くといい」

「ありがとうございます」

ラーナシュが「さぁ、こい！」と手を広げてくれるけれど、茉莉花はそこに飛びこまなかった。

「でも、まだあと三日あります。三日もあるんです」

三日しかないという気持ちで焦っていたけれど、かなり落ち着いた。

考え方を変えよう。三日もあれば、たくさんのことができる。

「三日後、ここから出られなかったら、そのときはお願いします」

「わかった」

ラーナシュは、茉莉花の気持ちの変化に気づいた。

肩の力を抜き、夕食の感想を話すかのような軽さで返事をする。

「わたしは、本当に大きな失敗をしてしまいました」

茉莉花は、一度失敗したことをくちにしたら、逆になんだかほっとしてしまった。

今すぐに挽回しなければならないと思っていたときは、気持ちがずっと張り詰めていて、とてもつらかった気がする。

「俺もだ。色々努力して無事に脱出できたとしても、そこからがもっと大変だぞ。シヴァンの言う通り、民が俺たちに理解を示してくれるとは思えん。まずは民の信頼を得るところからだな。まあ、つまり、がんばるしかないということだ。……よし、ここに座ろう」

ラーナシュに促され、茉莉花は湿った岩に座る。

「手を出せ。二個しかないから、みんなには内緒だ」

言われるまま手を出せば、小さな白いものを手のひらに載せられた。

「……これは？」

「ペサというお菓子だ。甘いぞ」

ラーナシュは自分のくちに同じものを入れ、幸せそうにしている。

茉莉花もおそるおそるくちに入れてみると、すぐにじわりと舌に甘みが伝わってきた。

（甘い……！）

噛めばさくりと音を立てる。

でも噛んで飲みこんでしまうのはもったいなくて、舌でゆっくり転がした。

「美味いだろう？」

「はい……！」

疲れているときに甘いものを食べると、少し元気が出る。

「本当なら、俺とシヴァンが光の神子のお告げを聞くことになっていたのに。これからどうしたものか」

神子候補たちの前で、三人の司祭が奇跡を起こす。

彼女たちの証言によって、光の神子の代理人だと認められた三人の司祭が、二人の国王に和解案を出し、受け入れてもらう予定だった。

「光の神子どころか、司祭という地位も奪われたようなものだからな」

脱出できる前提で、ラーナシュはこれからのことを考えている。

茉莉花も、これからの予定を立ててみた。

まずは脱出だ。次に、叉羅国に派遣された禁軍と合流する。

(叉羅国に派遣された部隊は、タッリム国王陛下とわたしたちが処刑されていることに、もう気づいているはず。とりあえず、赤奏国まで全軍撤退するわよね)

それからどう動くのかは、珀陽の判断次第だ。叉羅国から白楼国までは遠いので、まだ珀陽の指示は派遣部隊に届いていないだろう。

(脱出後のわたしは、陛下から安全の確保の最優先を求められるのは間違いない。赤奏国にいながら叉羅国の民を味方につけるためにどう動くか……)

叉羅国内が荒れに荒れているので、珀陽に「帰ってこい」と命令される可能性もかなりあるけれど、今は考えないことにする。

「ラーナシュさん、民はどちらかの王の味方をしているわけではないんですよね？」

「ああ。民には民の生活があるからな。自分の家を最も大事にしている。自分の家を守ってくれる国王陛下を望んでいるだけだ」

異国に攻めこまれた。けれどなんとか追い払った。

タッリムの『攻めこまれた』に注目するか、それとも『追い払った』を評価するのかで、民の意見は変わる。

（正しい情報が足りていないから、民の評価はタッリム国王陛下にとって不利なものになっているはず）

民は政について、詳しいことを知らされていない。

噂話という形で、『異国が攻めてきた』『異国人が味方になったらしい』とあとから教えられただけなのだ。

（今回も、タッリム国王陛下たちが光の山に閉じこめられて処刑されることを、あとから知らされた。民は『またか』と言いたくなっているはず）

民の支持がほしいのであれば、彼らが望むものを与えなければならない。

──国王は、なにをしたいのか、なにをしようとしているのか、わかりやすく、早く私たちに教えてくれ。苦しむのはこっちなのに、なにもわからなくて困っている。

「……その場で、出来事を、共有する」

いや、共有しなくてもいい。しているように思わせればそれでいいのだ。

(民が望むもの。出来事の共有を、今ある材料で……)

手持ちの材料は少なくなっている。

光の神子候補たちの証言は使えないし、三司の権力も使えない。

それでも頭の中に広げた白紙に、ぽつん、ぽつん、とできるだけ点を書き入れていく。

(安全を確保したあと、民の信頼を得て、ラーナシュさんたちが司祭に戻り、改めて二重王朝問題を解決する方法……)

あるかどうかはわからないけれど、『答え』という点を勝手に置いてみた。

答えから周囲の点に線を引き、逆から答えを探り……。

(駄目だ。『答え』にならない。答えがありそうな気はするけれど——……あれ？)

できあがった地図は、どこかで見たことがある。けれども、なにかが違う。

(どこで？　違いは？　……ええっと、同時にいくつものことが見えてしまって……)

見えすぎることで混乱するのなら、見えにくくしたらいい。

茉莉花は、紙をさらに大きくし、もっと遠くから見ることにした。

——光の山、神の裁き、迷宮のような坑道、光の神子の奇跡、麓に集まっている民、出来事の共有……。

紙を大きくしたことで、中央に点と線が集まっている。

（答えになっていないのに、わたしはやっぱりこの図をもう知っている……⁉）

もどかしさから、思わず胸元を摑む。

すると、珀陽の帯飾りを入れてある小袋に指がひっかかった。

（陛下、どうかわたしに先を見通す力を……‼）

祈るように帯飾りをぎゅっと握る。

紙を広げたことで生まれた端の空白部分に、新しい点を置いた。

——叉羅国にとっては少し派手さに欠けるかもしれないね。

——人の心は不安定です。上手く操れたらとても派手に見えるけれど……。

——今の自分のままではどうにもならない問題に遭遇する日が、きっとくる。

珀陽に言われた言葉、子星に言われた言葉、そして自分の言葉。

三つの新しい点から、新しい線を引く。

茉莉花はそれを改めて見て、ようやく「どこかで見た」の正体に気づいた。

「前と、……同じ」

以前考えた二重王朝問題を解決するための答えの形と、この答えになっていないものの形が、ほとんど変わらない。

（違うところは——……場所！『わたしの位置』……！）

以前の答えでは、自分は光の山の中にいた。

しかし、答えになっていない新しい地図では、自分は安全圏内の赤奏国にいる。

(もしかして、……わたしの位置を変えたら答えになる？)

ぞくりと身体が震える。

ここを脱出したら、身の安全を最優先するために、赤奏国にいるはずの派遣部隊に合流するつもりだった。

珀陽の指示がなくてもそうする。それは当たり前すぎる判断だ。

(その当たり前の判断をしなかったら……？)

逃げずに、光の山に残って、二重王朝問題に取り組む。

するとなかったはずの答えが、考えなくてもするりと出てきた。

(ぼろぼろの姿で出てきても『偶然』にされてしまう。だったら、綺麗な姿で出てきて『光の神子の奇跡』にしてしまえばいい。光の神子候補たちによる『光の神子の奇跡』の証言が得られないのなら、『光の神子の奇跡』を民に直接見てもらえばいい。なくしてしまった信頼は、出来事の共有によって再び得られる)

問題をひとつひとつ取り出していくと、ひとつひとつの答えはとても簡単だ。

『確実』を無意識に選ぶ癖があることで、この問題を難しくしてしまっていた。

(坑道から出られても、敵に囲まれている状況は変わらない。そんなときに安全確保のた

めの一時撤退をせず、その場に残って問題解決をしようとするなんて、いつものわたしなら考えもしない）

——いつか、思いっきりやってみる第一案を実行できる勇気を出してみたい。

もう『いつか』ではない。『今』だ。

ラーナシュのように、珀陽のように、覚悟と代償によって大きなものを手にしようとする日がきたのだ。

（陛下なら、坑道を脱出したあとは赤奏国へ行くようにと命じる。……二重王朝問題を解決したいのなら、わたしは陛下の命令に逆らう覚悟をして、陛下からの信頼を失うという代償を支払わなければならない）

ラーナシュはきっと、こんな気持ちだったのだろう。

やるかやらないかを迷っていても、決断しなければならない恐ろしさに、立ち向かった。

茉莉花は、同じ想いを抱えた人が隣にいるから、勇気を出せる。

「ラーナシュさん」

茉莉花は、迷いを消した瞳でラーナシュを見た。

「絶対に脱出しましょう！」

ラーナシュは茉莉花の決意に力強く頷いた。

「勿論だとも！　休憩したら、次の脇道の探索に向かうぞ！」

ここまで歩いてきたときとは違い、軽い足取りできた道を戻る。

足音に気づいたシヴァンが振り返ったので、茉莉花は声をかけようとしたけれど、何人か殺してきましたというような顔でなぜかにらまれた。

「……あ」

そういえば、シヴァンはラーナシュと喧嘩をしていた。演技なので叫び合うところまではいいだろうけれど、たしか……。

「ラーナシュ‼ 貴様、この私の顔を殴っておいてよくも逃げたな！」

シヴァンを殴った音が思ったより軽かったのは、ラーナシュが手加減をしっかりしていたからだ。しかし、シヴァンは手加減されていたとしても、殴られることに納得できるような人間ではない。

「殺す！ 絶対に殺してやる！」

「シヴァンはまだ元気だな」

ラーナシュとシヴァンが再び揉め出した横で、天河たちが疲れた顔をしていた。

「天河さん……、その、大変でしたね」

茉莉花がラーナシュを連れ出したあと、叉羅語しか話せないシヴァンと、白楼語しか話せない天河たちがここに残されてしまった。天河は、担当を逆にしてくれと思っただろう。

「互いに言葉がわからないはずなんですが、司祭殿から訴えられたことをなぜか全部わかったような気がしましたし、俺たちのなだめる言葉もなぜか相手に全部伝わったような気がします」

――あいつが私を殴った！　絶対に許せない！

――まあまあ、そう言わずに。

茉莉花は、言葉が通じないまま会話をしている光景を思い浮かべることができた。

「シヴァンさん！　脱出できたら、シヴァンさんにはやはり光の神子の代理人になってもらいます」

ラーナシュに襲いかかっているシヴァンへ声をかければ、シヴァンは地面を蹴り、ラーナシュから手を離した。

「泥まみれの姿で皆の前に出ても、下手をすれば平和を望む民に殺されるだけだと、私は言ったはずだ」

「はい。それはつまり、泥まみれでなければいいということです」

茉莉花があっさり答えれば、シヴァンはしばらく言葉を失い、……ため息をつく。

「まさか、元の作戦を利用するつもりか？」

「そうです。閉じこめられていたはずの司祭が綺麗な服を着て、味方と共に山を下りている姿は、それは誰が見ても『奇跡』ですから」

――元の作戦の残った部分をそのまま使えばいい。

茉莉花の提案にシヴァンは舌打ちをした。

「……間に合うのか⁉」

シヴァンの疑問に、茉莉花は素直に答える。

「わかりません。ですが、チャナタリさんにお願いしておいた準備は終わっています」

元の計画は、光の神子をどうするのか、というところまできていたのだ。

「首都のチャナタリさんは、わたしの連絡をずっと待っているはずです」

そしてマレムも、と茉莉花はラーナシュを見る。

「ならばこんなところで休んでいる暇はない！　時間がない！　行くぞ！」

叉羅語がわかるのは茉莉花とラーナシュだけなのに、なぜかシヴァンの言葉は、またもや天河たちにもしっかり通じていた。


茉莉花たちは別の脇道を探し続け、やっと大きな木の板が張られているところに出た。

「この先は、光の山の東側ですね。出口に繋がっている可能性はあります」

ラーナシュとシヴァンは道具を使い、腐っている木の板をはがしていく。

ぼろぼろと落ちていく木の板の向こう側は、穴がぽっかり開いていて、賢映が小さな炎を掲げながらゆっくり入っていった。

「松明をお願いします」

ラーナシュとシヴァンが穴の中に松明を入れると、この穴が別の坑道に開けられた横穴だということがわかる。

茉莉花も穴をくぐり、坑道の傾き(かたむ)を調べた。

「左へ。上に向かいましょう」

五十歩ほど進めば、大きな坑道に出る。ラーナシュはしゃがみこみ、松明の光で地面を照らした。

「台車のあとだ。……どうやら道なりに歩くだけでいいらしい」

シヴァンは松明で坑道の壁を照らし、ほっとした声を出す。

「木で坑道の補強をしてある。楽に進めそうだな」

この大きな坑道を進んでいけば、おそらく出口が現れる。

前回と同じように、途中で坑道がふさがっている可能性もあるし、穴が開いていて進めなくなっている可能性もあるはずだ。

けれども、再び掴んだ脱出の可能性に、気持ちは高ぶっていった。

「足下に気をつけろ。ゆっくり進め」

こんなときでも冷静な天河の声が、皆の浮(う)かれた気持ちを引きしめる。

速く歩きたいという気持ちを抑(おさ)えながら、一歩ずつ出口に向かった。

「茉莉花さん、大丈夫ですか？」

茉莉花は、いつの間にか息が上がっていたことを、天河に指摘される。

深呼吸をして呼吸を整え、しっかりと頷いた。

「大丈夫です。この坑道は少し上り坂なんです。……きっとこの先に出口があります」

大きさも整備のされ方も、脇道を歩いていたときとは明らかに違う。

（段々と坑道の幅が大きくなっている）

はぁ、と息を大きくついたとき、茉莉花は小さな違和感を覚えた。

もう一度同じように息を吐いたあと、やっぱりと眼を見開く。

「空気が……重くない……」

茉莉花の呟きに、天河が振り返る。

湿気の多いまとわりつくような坑道の空気が、ほんの少しだけ軽くなっていることに、
天河も気づいた。

「おい、坑員の道具が落ちている」

シヴァンが「見ろ」と自分の右下に視線を落とす。

「さすがに柄の部分は腐ってしまったみたいだな」

「錆びてはいるが、壊れてはいない。……ここに捨てられたということは」

軽くなった空気に、捨てられた道具。

自然と足が速くなり……ついに、空気の動きを感じ取れた。

「出口だ！」

ラーナシュがやったと駆け出す。賢映が慌てて手を伸ばしたけれど、ラーナシュに届かない。ここまできてしまったら、瘴煙の影響を考えなくてもいいので、賢映は引き留めるのを諦めた。

「おい！　足下に気をつけろよ！」

賢映の叫びに、ラーナシュは手を上げて応え、どんどん先に行く。

あっという間にラーナシュの姿は見えなくなってしまった。しかし、すぐに大きな声が聞こえてくる。

「外だ！」

茉莉花は、頭の中にある坑道の地図と光の山の周辺地図を重ね合わせる。

少しのずれはあるけれど、たしかに外へ出られるはずだ。

ラーナシュにやっと追いつくと、ラーナシュは松明の灯りを使ってあちこちを見ていた。

「行き止まりだ。でも外の空気が漏れてきている」

ラーナシュの説明を聞いたシヴァンが、眼の前の大きな岩に手を触れる。

「崩落か?」

「いや、坑道の出入り口を岩でふさいだだけだろう」

まずは安全の確保だ。皆で松明の灯りを頼りに足下や壁を見る。

これなら多少激しく動いても問題ないと判断したところで、道具を使って岩の分厚さを調べてみた。

「けっこうあるな。木の板でふさいでくれていたらよかったのに」

ラーナシュの呟きに、茉莉花はまあまあと笑う。

「ここは光の山です。子どもが遊びで入らないようにと、三百年前の人がしっかり封鎖したんですよ、きっと」

茉莉花もふさいでいる岩をじっくり観察してみた。

一つの大きな岩でふさいだのではなく、数人の大人が道具を使って転がしたりもち上げたりして、岩を積み重ねていったようだ。

「間に漆喰も噛ませている。時間がかかりそうだな」

「地道に崩すしかない。下手にやれば崩れて死ぬ。どこから崩すのかを決めよう」

「まずは道具の用意からだ。途中に坑員の道具が落ちていた。錆びていても、壊すために使うだけなら充分だ」

脱出のための最後の相談が始まる。

力仕事に関してまったく役に立たない茉莉花は、シヴァンの通訳に集中した。

「よし、いくぞ。疲れたら交代だ」

これが最後の踏ん張りどころだと、皆が気合を入れた。

がんがん、という音が、坑道内に響く。

茉莉花は、最初こそは耳が痛かったけれど、段々と耳の中が痺れてきてよくわからなくなり、今はくすぐったくなってきた。

「動くか⁉」

「手伝ってくれ。……っ、まだ駄目だ！」

岩と岩の間に、拾った鉄子を差しこみ、拾った山槌で鉄子の端を叩き、少しずつ隙間をつくる。

別の人は木材で岩を叩き、地道にずらそうと努力を続ける。

茉莉花はみんなを見守ることしかできない。非力な人間が力作業に加わっても邪魔になるだけなので、なにかあったときのためにひたすら体力を温存し続けた。

「交代だ。頼む」

手が疲れて握力がなくなったら、別の人に山槌を渡す。すぐにまたがんがんがんという音が響く。

きっと、みんなどこかで「本当にこれで崩せるのだろうか」という不安を抱いているはずだ。けれども表に出さず、ずっとがんばっている。

「っ、危ない‼」

天河の叫び声が唐突に響いたあと、大きな音と振動が同時に茉莉花を襲った。なにが起きたのかと驚いている間に土埃が上がり、視界が一気に悪くなる。

「大丈夫ですか⁉」

慌てて立ち上がったけれど、近づいてもいいのかわからずにおろおろしていると、ゆっくりと土埃が収まっていった。

「びっくりした……。レイテンガ、助かったぞ」

「怪我はありませんか？」

「大丈夫だ」

ラーナシュが立ち上がり、手足が動くかどうかを確認している。

どうやら、動かそうとしていた岩が外れ、ラーナシュの近くに落ちてきたらしい。

茉莉花からは見えなかったけれど、きっと天河がラーナシュを上手く助けたのだ。

「おお、穴が開いたぞ」

一番小さく、一番外れやすそうな岩を狙い続けた成果が現れた。

どれどれ、と武官の一人が気をつけながら穴を覗きこむ。

「いけるか？」

「肩が入らないな。小柄な人間なら……」

茉莉花も近よって、ぽっかりと開いた穴を見てみる。穴の向こうは薄暗い。陽が落ちたばかりなのか、夜明け前なのかはわからないけれど、昼だったらみんなの眼が痛んだだろうから、ちょうどよかった。

「わたしなら通れると思います。出てみて、外れそうなところを教えますね」

「大丈夫か？　……いや、頼む」

茉莉花は、ラーナシュの真剣なまなざしを受け止め、覚悟を決める。

髪をひっかけないように紐でくくり、武官の人たちの手を借り、穴の中に手と上半身を入れた。肩がひっかかるけれど、身体を傾ければいけそうだ。

手を伸ばし、岩の出っ張りを摑んで、身体をずるずると前に動かしていく。

足を押してほしいと頼み、圧迫感に耐えながら頭を出した。

（あと少し……！）

手に力を入れて、身体を少しずつ引きずり出す。腰まで出たところで、身体の位置を少しずつ変え、頭から落ちないようにした。

「外に出ました……！」

「離れてください。松明を投げます。火打ち石も」

天河に声をかけられ、茉莉花は慌てて穴から離れる。飛んできた松明と火打ち石を拾い、火をつけて岩の周囲を観察した。

「天河さんたちから見て、穴の左側にある石を押してください！　引くのではなくて、外に向かって押せば外れると思います！」

「わかりました！」

岩を叩く音と大きなかけ声。茉莉花は松明をもちながらじっと待つ。

――どれぐらい経ったのだろうか。岩と岩の間からきしむような音が聞こえた。

「もう少しです！」

茉莉花の声で、皆のかけ声がより大きくなる。

あと少し、もう少しで……と珀陽の帯飾りを握りしめて白虎神獣に祈っていると、突然岩が外れてこちら側に落ちてきた。

その大きな音と振動に驚き、胸がどきどきする。

茉莉花が胸を撫で下ろしていると、穴からラーナシュが飛び出てきた。

「きゃっ！」

「外だ！　外だぞ！　やった!!」

ラーナシュが叫べば、次々に人が出てくる。文句を言いながらシヴァンも出てきて、最後に天河が出てきた。

「外はいいなぁ……！」

ラーナシュの呟きに、茉莉花は微笑む。

みんな泥だらけだ。手や足が痛むし、疲れも限界にきているけれど、外に出ることができたので表情は明るい。

「ラーナシュさん、ここからですよ。あとは時間との勝負です」

疲れているのに、より疲れることを頼もうとしている茉莉花に、ラーナシュは大きく頷いた。

「任せろ！　さぁ、俺はどうしたらいい？」

天河たちも頷く。シヴァンも舌打ちをする。みんな、茉莉花の指示を待っていた。

「通常なら、白楼国軍と合流、もしくは赤奏国への一時的な避難を選択すべきところです。ですが、危険を承知で元の作戦を今から決行します」

茉莉花は、自分の警護をしてくれている武官たちを見る。

「禁色の小物を頂いた文官としての権利を行使させてください。どうしても、今しかできないことなんです。お願いします、見逃してください……！」

彼らが本気になれば、ラーナシュとシヴァンを押さえこみ、茉莉花を強引に赤奏国へ連れて行くことができてしまう。

　茉莉花は、そうしないでほしいと必死に頼みこんだ。

「……陛下からの新しい命令が届くまで、俺たちは茉莉花さんを守るという任務を続けます。本当に危なくなったら警告しますから、それまでは好きに動いてください。貴女は叉羅国の司祭殿を手伝うために派遣された人です。危険でもその仕事を続けるのは当たり前のことです」

　天河も、本当は逃げるべきだとわかっている。

　それでも茉莉花を信じて、一緒に残ると言ってくれた。

「派遣部隊に脱出できたことを報告したいので、二人だけ別行動させます。無事であることを知らせておかないと、白楼国と叉羅国が戦争になるかもしれませんから」

「はい！」

　薄暗い空から真っ暗な空に変わっているから、これから夜がさらに深まるはずだ。

　夜の山は危険で、じっとしているべきだけれど、今はできる限りの対策をしながら動き続けるしかない。

「ラーナシュさん！　武官をつけるので、今すぐに山を下りて、マレムさんとアクヒット家のチャナタリさんに連絡をとり、準備したものを急いでもってきてほしいと伝えてください」

　明らかに異国人である茉莉花や天河たちだけでは、人目を気にせずに移動するということとが難しい。こればかりはラーナシュを頼るしかなかった。

「わたしは坑道に戻り、タッリム国王陛下たちをここに連れてきます」

「……私も行こう。お前一人では、タッリム国王陛下や大臣が警戒するかもしれん」

シヴァンが同行すると言ってくれたので、心強い。

あともう一仕事あるぞ、とみんなで気合いを入れ直したとき、覚えのある声が聞こえてきた。


「──ラーナシュさま!?」


強い灯りが茉莉花の眼に飛びこんできて、思わず閉じてしまう。しかし、茉莉花とラーナシュは、声だけでも誰なのかわかる。

「マレム!?」

なぜここに。どうして。

マレムに訊きたいことはたくさんあるけれど、ラーナシュが慌てて駆けよっていったので、茉莉花は見守ることにした。

「ラーナシュさま、ご無事で……！　本当によかった……！」

「ミルーダ叔父上と共に光の山へきていたのか？」

「いいえ、私の独断です！」

きっとマレムは、ミルーダの反逆を知り、ラーナシュを心配して駆けつけてくれたのだ。山の東側にいる理由はわからないけれど、もしかすると道に迷ったのかもしれない。

「心配してくれたのだな。道に迷ったのか？」

ラーナシュも茉莉花と同じことを考えたようだ。

しかし、マレムは「まさか」と笑顔になる。

「マツリカさんなら別の出入り口から出てくるはずだと、信じていましたからね」

マレムの言葉に、一番驚いたのは茉莉花自身だ。

「わたしを信じて……って、えぇ⁉」

「別の出入り口から儀式に使われている坑道に入れないかと、私に相談していたではありませんか」

たしかにその話をマレムとしていた。しかし、結局は危ないという理由ですぐ不採用になったはずだ。

「それに、マツリカさんには、発見した山道を毎回報告していましたし、山道の先は坑道の出入り口ですからね。別の出入り口の存在を知っているマツリカさんなら、どうにかしてどれかから出ようとするでしょう？」

マレムの言う通りに動いた茉莉花は、眼を見開く。

「だから私は、発見した山道の先にある出入り口をずっと順番に回っていたんです」

　茉莉花とマレムは、情報の共有を徹底していた。

　相手がどこまでなにを知っているのかを把握していたから、相手がどう動くのかも想像できたのだ。そして、信じることもできた。

「……っ、マレムさん！　ありがとうございます！」

　マレムの勇気ある行動のおかげで、一気に楽になった。

　これはもう奇跡と呼べるような展開だ。

「それでいきなりですが、例の作戦について頼みたいことが……」

「はい！　大丈夫ですよ。もちろん、進めております」

「ありがとうございます！」

　マレムには、踊り子を用意してほしいとか、楽団を用意してほしいとか、衣装や小道具を揃えてほしいとか、色々頼んである。あとはそれを首都からもってくるだけだ。

「三千人の踊り子、楽団、衣装に小道具……それらをすべて北側の麓に待機させています。いつでもいけますよ」

　——今から急いで運んでください!!

この台詞(せりふ)を言おうとしていた茉莉花は、マレムの言葉をすぐに理解できなかった。

「……えぇぇ⁉」

驚きの声を上げてから、もう一度確認する。

「準備したものを首都に待機させているのではなく、この光の山の北側の麓にですか⁉」

「はい。首都ではなく、この光の山の北側の麓にです」

マレムはにこにこしながら、当たり前だという声で返事をした。

「今、そんな場合ではなかったはずですよね⁉　ラーナシュさんが裏切られて、光の山の坑道に閉じこめられて、生きるか死ぬかのときですよ⁉」

マレムがラーナシュや茉莉花を信じ、山の中を捜(さが)していたところまでは理解できる。けれども、この状況でも光の神子の儀式を再現する計画を進めようなんて、どうしたら思えるのだろうか。

「『コウマツリカが坑道に入ったら、予定と違うところが出てきても作戦を決行する』。これはマツリカさんの手紙にいつも書かれていたことですけれど……」

マレムに首をかしげられ、茉莉花は言葉を失ってしまった。

自分の言いたいことが、伝わっているようで、伝わっていなかったのだ。

(わたしは、三千人きっちり集まらなくてもいいだとか、途中で馬車が一台壊れてもいいだとか、衣装が全部同じものでなくてもいいだとか、犬や蛇(へび)が逃げ出してしまっても大丈夫だという意味で書いたのだけれど……！）

『捕まって坑道に閉じこめられる』と『光の神子の儀式を再現するために坑道に入る』は、ちょっと違うにはならないような気もする。

しかし、マレムにとっては、予定と違うところが出てきただけという感覚だったらしい。

「マツリカさんがいつも『自分になにかあったときにやっておいてほしいこと』を書いておいてくれていたので、ラーナシュさまの危機で焦っていても、すぐ手紙を開くことができました。いつもマツリカさんは面倒なことをしているなと思っていたのですが、いやいや、賢い方の考えることは、やはり違いますね」

マレムの穏やかな笑顔が、白楼国にいる子星の笑顔に重なる。

──確実なものの積み重ねが大切です。

ラーナシュたちを光の神子の代理人にする。そのためには光の神子の儀式を利用し、奇跡をつくる必要がある。奇跡の準備のために、貴方はここを、貴女はあれを、いつまでに、これだけ用意してほしい。儀式が始まったらこんな形で動いて、途中でちょっと違うことがあってもがんばって押しきろう。

茉莉花は、手紙という方法で、自分の影をマレムとチャナタリに託しておいた。

なにかあったときのためにという準備を、ひとつひとつ積み重ねておいたから、マレムはすべてを用意した状態でここに立っているのだ。

「……っ、マレムさん！　チャナタリさんは⁉」

マレムの準備が完璧なら、あとはチャナタリの分だ。

今からマレムにラーナシュたちの着替えを用意してもらい、チャナタリに連絡を取り、その間にラーナシュとシヴァンにはこれからの打ち合わせをしてもらって、自分はタッリムを迎えに行けば……。

「アクヒット家の女性なら、神の使いと追加の踊り子を連れて、北側の麓からゆっくり山頂に向かっています。山頂まで獣道のような山道しかないですからね。山道の整備が間に合わなかったので、時間がかかりそうなんです」

チャナタリもマレムと同じように、茉莉花の手紙通りに動いてくれていた。

（信じられない……！）

元の計画を使って、元の計画よりも派手に光の神子の代理人を誕生させる。

実現できるかどうかは、単純に時間との勝負だ。

とにかく急ぐしかないという状況だったのに、マレムとチャナタリが奇跡を呼びよせてくれた。

（人の心は不安定なもの……。本当に、その通りだわ）

茉莉花の計画通りに動いていたら、マレムとチャナタリは首都で待っている最中だ。

思い通りにいかなかったから、嬉しい展開になっている。

（チャナタリさんは、シヴァンさんを光の神子にしたいという話をされたときに、すごく楽しそうだった。絶対にこの作戦を決行したいと思っていたんだわ）

茉莉花は、やらなくてもよくなったことと、新しくやるべきことを、頭の中で整理する。

「マレムさん、ラーナシュさんとシヴァンさんとタッリム国王陛下たちの着替えを用意してください」

「わかりました」

「ラーナシュさん、シヴァンさん。光の神子のお告げを聞いた司祭として、ジャンティ司祭と合流し、タッリム国王陛下たちを迎えに行きましょう。そのあと、山道を歩いて山頂に向かい、チャナタリさんたちと合流します」

細かい部分は、予定とかなり違う。けれど、大筋は計画通りなので、あとは勢いでごまかして押しきってしまおう。

国王のナガールは、民を光の山の麓に集め、声を張り上げた。

――もう一人の国王であるタッリム、そして三人の司祭は、異国に攻めこまれただけではなく、異国を頼った！　彼らには王と司祭の資格がない！

ナガールは神に裁きを委(ゆだ)ねると言い、光の神子の祭壇に繋がる坑道にタッリムたちを入れ、扉に鍵をかけた。

それから、タッリムたちに十日間の猶予(ゆうよ)を与えた。

十日の間に神の救いがなければ、ナガールが唯一の王となり、異国との同盟を破棄し、失われた土地を取り戻すことを宣言する。

集まった民は、冷めた眼でナガールを見ている。そもそも二人の国王の争いに、ずっとうんざりしていたのだ。

戦争が始まっただとか、負けたらしいとか、異国と同盟を結ぶだとか、片方の王を処刑するだとか、すべてが自分たちの知らないところで決まったものなので、どちらの王にも不満をためこんでいた。

しかし、これで一人の王に定まるのなら……とナガールを認める雰囲気になり始めているのもたしかだ。

新しい叉羅国をみんなで祝おうとしたとき、どこからか音楽が流れてくる。

天と地　朝と夜　太陽と月　男と乙女(おとめ)
そなたとわたし　二つで一つ
手と足　さあ音を鳴らせ　さあ音を聞け

　愛を奏で　愛を歌え　愛を踊れ
　新たに生まれた夫婦よ　喜び　笑い　生きる

　曲だけではなく、歌も聞こえてきた。

　みんな、旅芸人がきたと思い、左右をきょろきょろ見る。すると誰かが「あ！」と叫び、光の山の山頂を指差した。

「あれは……！」

　山頂から、黄金の象が現れた。

　そのうしろを、神の使いと呼ばれる動物たちが、人と共に歩いている。

　さらにそのあとには、踊り子たちと楽団も続いていた。

「光の神子……⁉」

　伝説の再現のようだと皆が驚いている中、神々しい黄金の象がゆっくりこちらに近づいてくる。ある程度のところで、黄金の象ではなく、黄金で飾られた白い象だということと、その白い象の上に三人の人間が乗っていることもわかった。

「あれは……！　閉じこめられた司祭さまたちじゃないのか⁉」

「うそ！　坑道から出てきたの⁉」

「いつ⁉　鍵がかけられていたはずなのに……！」

最初からこっそり逃がすことが決まっていたのではないかと疑う者もいた。

しかし、ナガールたちが驚いている。彼らは、どうしたらいいのかわからないという顔で慌てふためいている。それがどうしても演技に見えない。

「奇跡だ！　これは、光の神子の奇跡だ……！」

司祭たちは、坑道からいつの間にか出てきて、光の神子と同じように光の山から下りてきた。

これを光の神子の奇跡と言わないのなら、なんと言えばいいのだろうか。

皆がくちを大きく開けている間に、白象は山の麓に到着し、ナガールの前で止まった。

よく見れば白象のうしろに、馬に乗っているタッリムもいる。

「そんな、馬鹿な……！」

ありえない、とナガールは震える声を絞り出した。

そんなナガールを見下ろしているラーナシュは、ゆっくりくちを開く。

「……皆の者、よく聞け。これより、司祭による光の神子のお告げがある」

その声は、不思議なことに遠くまでよく響いた。

人々はくちを閉ざし、司祭の言葉を待つ。

「我が国には、五十年前から二人の王がいる。光の神子は、二人の王の争いを嘆(なげ)いておられた。なんのために三百年前に王を定めたのか、その意味をどうしてわからないのかと」

王を定める意味は？　と改めて問われると、すぐに答えが出てこない。

ラーナシュが民の戸惑(とまど)いを充分に引き出したあと、シヴァンが声を張り上げた。

「光の神子は、我が国を愛してくださっている。王が定まらないままでは、愛する国が外の国によって荒(あ)らされてしまうかもしれないと心配し、王の証(コ・イ・ヌール)を我々に授(さず)けてくださったのだ」

シヴァンの言葉に、民たちがその通りだと息を呑む。

どうして光の神子は王の証を与えてくれたのか。

王が定まらなければ、今の叉羅国のようになるからだ。

「光の神子は、我らにこうおっしゃった。『王を定めたのに、また争いが起きた。ならば王妃(おうひ)も定めよう』と」

三百年前の王位継承権(けいしょうけん)争いのときに、光の神子が現れた。

そして今、二人の王による争いが続いているときに、再び光の神子のお告げがあった。

奇跡を眼の前で見せられたことで、嘘だと叫べる者はいなくなっている。

「王の証(コ・イ・ヌール)をもつ王が最初に望んだ妃(きさき)……第一妃の子として生まれた王子でなければ、王になる資格は得られない」

民にとって、王が初めて愛した女性の子を次の王にすることは、当たり前であった。しかし、愛した人との間に子が生まれないこともある。そのときは、王が他の妃を迎えるのもしかたがないだろう。

しかたないで始まったはずの複数の妃の制度は、今となっては王の権力を象徴(しょうちょう)するものとなり、王に気に入られた妃の子が次の王になっている。

「……ナガール国王陛下。貴方は先代のナガール国王陛下と第二妃の間に生まれた王子である」

ラーナシュは、ナガールをじっと見つめながら話しかける。

ナガールは息を呑んだ。話の流れから、ラーナシュに言われることを想像したのだ。

「タッリム国王陛下。貴方は先代のタッリム国王陛下と第一妃の間に生まれた王子で、正統なる王である。けれども、貴方の第一妃は王女を産んだあと、亡(な)くなった」

タッリムもまた息を呑む。これからラーナシュに言われるであろうことを、覚悟したのだ。

「ナガール国王陛下は、光の神子が定めた王の資格を満たしていない。しかし、タッリム国王陛下の第一妃の子は王女のみである」

次の世代に、光の神子が定めた正統なる王の資格をもつ者がいない。

この事実に、民はざわついた。叉羅国は滅(ほろ)ぶしかないのかと、激しく動揺する。

「サーラ国に正統なる唯一の王を誕生させるためには、ナガール国王陛下とその第一妃の間に生まれたハリドガル王子殿下と、タッリム国王陛下とその第一妃の間に生まれたルディーナ王女殿下を結婚(けっこん)させ、その間に生まれた王子殿下を王とするしかない！」

ラーナシュが言いきったあと、シヴァンは叫んだ。

「民たちよ！　今しばらく耐えてほしい！　王の証(コ・イ・ヌール)は、本来ならばたった一人の王の手にあるべきものだ！　今はただ、正統なる王が生まれるまで待とう！　そして、ハリドガル王子殿下とルディーナ王女殿下の固く繋がれた手の間に王の証(コ・イ・ヌール)を託そうではないか！」

二つの王朝を一つにする方法は、二つある。

一つは、どちらかの王朝を滅ぼすというもの。

もう一つは、『結婚』という形で、王朝を交わらせるというものだ。

茉莉花とラーナシュは、王家の血筋を慎重に見ていって、どちらの子も正統なる王の資格をもたない状態にするためのこじつけを探した。

その中で、一番わかりやすくて、一番納得できそうなものを、光の神子のお告げにしたのだ。

「我らは、正統なる王が生まれるまで、皆でサーラ国の領土を守り、ムラッカ国の手によって奪われた領土を取り戻そう！」

戦争があって負けたことを、シヴァンが正式にここで認める。

「そして、ムラッカ国の魔の手に抗う仲間である白楼国と手を取り合い、共に勝利を収めようではないか！」

ラーナシュが、白象の横に立っていた茉莉花たちを見る。

ムラッカ国は敵で、白楼国は敵の敵だから味方であると、司祭によって宣言された。

「民たちよ！　今ここで共に王へ問おう！」

司祭たちは、王に問いかけるだけでなく、民にも声をかけた。

すべてを勝手に決め、民を振り回してばかりだった偉い人たちが、ようやくこちらを見てくれたのだ。

「正統なる王の誕生を望むものは、歓声を上げよ！」

ラーナシュの叫び声のあと、雷が落ちてきた気がした。そんな勘違いをしてしまいそうなほどの大歓声が、山の麓に響き、地面を揺らしたのだ。

指先がびりびりと痺れ、腹がじわりと痛くなるほどの大音量に、二人の王は怯む。本能が、民に逆らってはいけないという警告を発した。

「タッリム国王陛下。貴方はどうする？」

ラーナシュに問われ、タッリムは「否」と言いたくても言えないことを察する。

民たちは、光の神子に示された未来を望んだ。

ここで拒否したら、民たちが神の意思に背く罪人となった自分を引き裂くかもしれない。

神と王を比べれば、誰だって神を選ぶはずだ。

「……私は、神のご意思に従おう」

硬い声で返事をすると、ラーナシュはゆっくりと頷いた。

「ナガール国王陛下。貴方はどうする？」

シヴァンに問われたナガールは、拳をきつく握りしめ、くちびるを噛む。

ナガールにとって、この光景は信じられないものだった。

坑道に閉じこめたはずのラーナシュたちが出てきただけでなく、山の頂上から下りてきて、伝説を再現している。

光の神子の奇跡がなければ、そんなことは不可能だ。

光の神子は、本当にどこかで自分たちを見ているのかもしれない。神のご意思に従わなければ、本当に神の罰が与えられるかもしれない。

ようやく摑んだ一人だけの王の座を手放したくはないけれど、神が恐ろしくてしかたなかった。

「……私も、神のご意思に従おう」

タッリムとナガールが、民の前で、王朝の統一に合意した。

待ち望んだ瞬間が、ようやく訪れたのだ。

「民たちよ！」

白象に座っていたラーナシュが立ち上がり、大きな声を出す。

「今日は二つの王朝が一つになる日！　そして、ハリドガル王子殿下とルディーナ王女殿下の結婚が決定した日である！」

どん、と太鼓が打ち鳴らされた。


「喜べ！　祝え‼」


その言葉と同時に、婚姻を祝う曲が奏でられ、踊り子たちが踊り出す。

司祭のうしろに並んでいた踊り子たちは、司祭を取り囲むように踊りながら移動し、円形になった。

それから集まった民の手を取り、踊りに加わるよう促し、どんどん円を広げて大きくしていく。

「祝い酒だ！　飲め！　歌え！　踊れ！」

どこからともなく酒が出てくる。酒が入れば陽気な気分になる。

今日は祝いの日だと、民たちは喜んで輪に加わり、踊り、歌い、歓声を上げ、いつか生まれるはずの正統な王を喜んだ。


茉莉花は、喜びを共にする民の姿を見て、ほっと一息つく。

坑道を脱出してからは、時間との勝負だった。

ラーナシュとシヴァンと共にジャンティのところへ向かい、「光の神子の声を聞いた！その通りに歩いたら外に出られた！」「お前も聞こえたよな？」とジャンティに同意を求めてもらい、ジャンティを焦らせて「私も聞こえた」という嘘をつかせた。

そのあとは四人でタッリムたちを迎えに行き、光の神子のお告げを聞いたという話をした。最初は信じていなかったタッリムたちも、本当に外へ出ることができたので、そこでようやく光の神子の奇跡を信じてくれた。

川の水を使って身を清めたら、マレムが用意した服に着替え、急いで山頂に向かい、チャナタリたちと合流する。

民が集まっている十日の間に、光の神子の奇跡の再現が間に合うかもしれないとなったとき、茉莉花はチャナタリから綺麗な衣装を渡された。

「貴女の着替えよ。白楼国風の衣装をお針子に急ぎでつくらせたの。でも、これだけだと地味すぎるから、私の飾りを貸してあげる」

叉羅国人にとっての白楼国風の衣装なので、叉羅国と白楼国の衣服が混ざったようなものになってしまっている。でも、それがとても嬉しかった。

これは、チャナタリが白楼国を理解しようとしてくれた証だ。

茉莉花は、白楼国と叉羅国を繋ごうとする者のためにつくられた最高の衣装を身につけ、あちこちに飾りをつけていく。

「はい、貴女の分よ」

そして、チャナタリから青い鸚哥を入れた鳥籠を渡された。

茉莉花は鳥籠を受け取り、青い鸚哥に「久しぶり」と優しく声をかける。

「出発するぞ！」

ラーナシュのかけ声に、茉莉花は大きな声で「はい」と返事をした。

（いよいよだ。あとは勢いで、押して、押して、押すしかない……！）

ついに伝説の再現が始まる。

ラーナシュとシヴァンは司祭として民に語りかけ、王に語りかけ、白楼国人は仲間だと言い、皆に理解を求めた。

民は、自分と向き合ってくれたラーナシュたちに感動した。

　王は、神と民を敵に回すわけにはいかないと、三司の提案を受け入れた。

　――王子と王女はこの場にいない。勝手に婚約を決めてしまった。けれども、祝いだと皆を喜ばせなければならない。

　マレムとチャナタリに用意してもらった祝い酒や祝いの料理を民に配り、踊りに引きずりこむ。

　司祭たちも加わり、民と手を取り合い、喜びを表現した。

「マツリカ！　お前も踊れ！」

　今日は二つの王朝が一つになり、王子と王女が婚約するというめでたい日だ。

　そんなときに同盟国からきた叉羅国の客人である茉莉花が、部外者という顔でぼんやり立ったままでいられるわけがない。

（下手でもいい！　楽しそうにすることが大事なんだから！）

　ラーナシュの誘いに、茉莉花は覚悟を決める。

　踊りの基本は、アクヒット家で働いていたときに仲よくなったソマラに教えてもらっていたし、祝いの踊りの振り付けはもう覚えた。

　あとは身体を動かせばいいと、曲を聴きながら自分なりに手足を動かす。

　――左に一歩半跳ねて、右に一歩半跳ねて、隣の人と手と手を合わせてお辞儀をする。両手を上げて下げてを二度繰り返す間に二回転する。しゃがんで、花びらをすくうような仕草をし、それを空に勢いよくまく。

みんなで輪をつくって踊る。

踊るたびに、隣にくる人が変わる。笑顔で手を合わせる。

愛を奏で　愛を歌え　愛を踊れ
新たに生まれた夫婦よ　喜び　笑い　生きる

茉莉花は、いつの間にか隣にきていたチャナタリと手を合わせ、お辞儀をした。

「司祭さまはかなり突っ走る方だけれど、貴女もなかなかね」

「一緒に走る人がいるから、走れるんですよ」

チャナタリのおかげだと匂わせると、彼女は魅力的な笑顔をくれた。

「マツリカさん！　本当にありがとうございます……！　ラーナシュさまのご無理にいつもつきあってくださって……！」

「わたしの方こそお礼を言わせてください。マレムさん、いつも無理を聞いてくださってありがとうございます」

マレムとお辞儀をし、感謝を伝え合った。

踊る相手が次々に替わっていくのを楽しんでいると、なんとシヴァンが隣にくる。

「この私にくだらんものを踊らせるとは……！　すべてお前のせいだ！」

「はい。ご協力ありがとうございます」

踊れとは頼んでいなかったですよね、と言うのを堪(こら)えて礼を言ったら、なぜかシヴァンに舌打ちをされた。

「シヴァンさん、色々お世話になりました」

「ふん、異国人は気楽でいいな。眼の前の問題を解決するために、他の問題をすべて先送りしただけなのに、すべてが終わったという顔をすることができる」

茉莉花は、統一王朝をつくることで周辺国を牽制(けんせい)するという目標を達成した。

しかし、それだけだ。

三司の憎しみはそのまま残っている。二つの王朝が一つになっても、その一つの王朝内での争いが始まる。三司はそれにまた介入(かいにゅう)しようとする。

シヴァンとラーナシュは、手に入れた『平和の種』を守り続けるという、とても大変な仕事に一生を捧げることになるだろう。

「さっさと白楼国に帰れ。恩の押し売りはもう充分だろう」

「ありがとうございます。……それでは、タッリム国王陛下への反逆罪に問われたときに庇(かば)ったことと、アクヒット家に入りこんだ間諜(かんちょう)を特定したことへの恩返しについてですが……」

これを忘れるわけにはいかないと茉莉花がくちにすると、シヴァンが「貴様を殺す」という眼を向けてきた。

「なにがほしい⁉　鉱山か⁉　この強盗め‼」

今までで一番ひどい異名を与えられた茉莉花は、やっぱりいいですという弱気な言葉を呑みこみ、強気な言葉を放つ。

「鉱山ではなく……、他にほしいものがあるんです」

茉莉花が『ほしいもの』を丁寧に説明すると、シヴァンが瞬きをする。

「なんだ、そんなものか。勝手にしろ。……いいか、貴様には骨董品の良し悪しを見分ける才能はない。いつか騙されるだろうな」

だから気をつけろ、という心の中で続けたと思われるシヴァンの言葉を、茉莉花はきちんと受けとった。

そのあと、タッリムともナガールとも踊る。

白楼国をこれからもよろしくお願いしますという挨拶をすると、タッリムは勿論だと答えた。ナガールは不満そうだったけれど、なにも言わなかった。それがきっと答えだろう。不満があっても、同盟を破棄することはなさそうだ。

知らない人ともたくさん踊った。茉莉花が叉羅語で挨拶をするとみんな驚き、そして笑顔になる。

　知らない人は恐ろしい。けれども、異国人でも叉羅語を話し、手を合わせてお辞儀をして楽しそうに踊れば、その恐ろしさを薄めることができる。

「天河さん！」

「……見よう見まねですが、ここは踊らないといけない場面であることはわかります」

　貴方たちと仲よくしたいですという意思表明のために踊り出した茉莉花を見て、天河たちも一緒に踊ってくれていた。もちろん、何人かは遠くから眺めるふりをして、きちんと警戒しているはずだ。

「派遣部隊との連絡が取れました。国境の警備と叉羅国内の難民の支援活動を一時中止し、赤奏国まで撤退していたそうです。……陛下から俺たちの奪還命令があったそうですが、俺たちが自力脱出したので、再び陛下に報告して指示を求めているそうです」

「……叉羅国は本当に遠い国ですね」

　なにかあったとき、すぐに珀陽の指示がもらえないから、動きにくい。珀陽が叉羅国の領土をほしがらなかった理由が、よくわかる。

　そして、二重王朝の面倒臭さというものも、よくわかった。

「同盟国である白楼国の官吏に危害を加えようとした責任を、誰にどう取らせたらいいのか……かなり大変そうです」

　茉莉花がそう呟くと、天河も同意した。

今回の一件の首謀者はナガールだけれど、ナガールは国王だ。

そして、茉莉花に友好的なタッリムも国王である。

白楼国が叉羅国に抗議しても、叉羅国としての意見統一に時間がかかるのは間違いなく、抗議に見合った結果を得られないだろう。

「処刑されかけた話は、表向きはまだ伏せておきましょう。内々に……ということになる可能性もありますから」

「そうですね。派遣部隊の司令官には俺から伝えておきます」

茉莉花は天河の手を離し、くるりと回る。次の人は……。

「ジャスミン！」

「ソマラ⁉」

アクヒット家の使用人のソマラが、茉莉花の隣にくる。踊り子になりたかったというソマラは、美しい衣装を着て軽やかに踊っていた。

「ジャスミンもきていたんだ！　チャナタリさまがね、司祭さまの素晴らしいお姿が拝見できるからみんなもくるようにって連れてきてくれたんだよ！　あんた、相変わらず踊るのは駄目だよね～」

アクヒット家で立場がころころ変わっていた茉莉花は、最終的に『アクヒット家へ入りこんだ間諜を特定する作戦に協力した異国人』ということになった。

茉莉花がシヴァンの愛人になることを断ったために下働きにされたとか、シヴァンがラーナシュと張り合ったために茉莉花を客人にしたとか、シヴァンにとって都合の悪い真実は徹底的に隠されている。

「光の神子さまのお告げを語る司祭さまは、とても格好よかったわね」

「本当に！　きてよかった！　踊り子にもなれたし！」

無邪気に笑ったソマラは、くるりと回って次の人と手を合わせる。

ソマラの相手はヴァルマ家の使用人だったけれど、ソマラは嫌がることなくお辞儀をした。

（……家同士の憎しみはとても重い。でも、このままもう誰も殺されなかったら、ソマラのように年若い人は、復讐を考えずに生きていける）

今ある憎しみを消すことは不可能でも、未来に生まれる憎しみを減らすことなら、きっと自分たちにもできるはずだ。

「あ……」

踊っていくと、アクヒット家の使用人のサミィが隣にきた。

彼女は茉莉花の顔を見たあと、くちびるを震わせる。

（『わたしは気にしていないわ』『司祭さまのお姿、素敵だったわね』『ありがとう』……ううん、こんな言葉では、サミィの中の不安は消えない）

サミィは茉莉花を怖がり、シヴァンを救おうとした。

知らないという恐怖を、茉莉花が軽く扱ってしまったから、とんでもない事態に発展したのだ。

「……わたし、本当の名前は『マツリカ』で、白楼国で官吏をしているの」

「え……？」

まずは自己紹介からだ。茉莉花はサミィに本当の名前を教えた。

「仕事でこの国を訪れたら、盗賊に襲われてしまったけれど、通りがかったアクヒット家の司祭さまに助けていただけた。だからわたしは、司祭さまが家に入りこんだ間諜のことで悩んでいたときに、この国がムラッカ国に襲われたときに、なにかしたいと思ったの」

少々違うところもあるが、正直に言うとシヴァンに怒られてしまうので、ところどころを改変しておく。

「叉羅国と司祭さまと、それからお世話になったアクヒット家の方々の未来が、とても素敵なものになりますように」

茉莉花は最後にそれだけ言って、くるりと回ってサミィから離れた。

やりたいことはやった。この会話が意味のないものになったとしても、今度は後悔しないはずだ。

「みんな、元気よねぇ……」

踊り疲れた茉莉花は、酒以外の飲みものがほしくなり、踊りの輪から出る。

足がそろそろ限界だ。水を飲んでも回復しそうにない。

「お守りは……うん、大丈夫そう。でも落とさないように気をつけないと」

チャナタリが用意した衣装だと、首に下げているお守りの形がはっきり出てしまうので、腰紐に結んでつるしておいた。

念のために中身を取り出し、確認する。

「……返さない方がいいのかな」

この衣装に着替えたとき、お守りが入っている小袋を落としてしまい、珀陽の帯飾りが小袋から出てしまった。

それを見ていたチャナタリが、綺麗だから衣装か髪につけようかと言ってくれた。

——これは、男性用なので！　借りものなので！　傷つけずに返したいので！

茉莉花は焦ったせいで、言わなくてもいいことまで言ってしまう。

人生経験豊富な女性であるチャナタリは、男性用で借りものという情報から、正解を見事に導き出した。

——貴女には感謝しているから、いいことを教えてあげる。

チャナタリにそんなことを言われても、必要ありませんと断れる人はいるのだろうか。

——お守りのもち主の心を翻弄する方法、知りたくない？

知りたいです。とっても知りたいです。

食いつきそうになった茉莉花に、チャナタリはそうでしょうと頷く。

——これはね、お相手に返さないでおくの。その代わり、貴女の帯飾りを渡すのよ。

チャナタリから授かった心を翻弄する方法は、あまりにも簡単すぎるものだった。

たったこれだけで珀陽を翻弄できるなんて、信じられない。

「でも、わたしの帯飾りだとあまりにも安っぽいから……」

できたら朝市で小さな金剛石を買ってつけ足しておきたい。金剛石には魔を祓う力があると言われているし、それならば『お守り』と言い張れそうだ。

「そろそろ戻らないと」

今晩は踊り明かすらしい。それに最後までつきあえるだろうかと、木にもたれながら自分の身体を心配したとき、うしろからラーナシュの声が聞こえてきた。

「いい加減にしてくれ！」

誰かと揉めているようだ。天河を呼びに行くべきか、このまま様子を見ておいてすぐ仲裁に入れるようにしておくべきかを迷う。

「いつまでもアクヒット家やカーンワール家への憎しみにとらわれるな！　復讐がなんになる！」

「ヴァルマ家の当主が、後継ぎが、何人も殺されたんだぞ！」

この声、と茉莉花は気づいた。ラーナシュと揉めているのは、ラーナシュの叔父のミルーダだ。

「どうしてお前はヴァルマ家を大事にできないんだ⁉　異国へ勝手に出かけ、異国人を平気で招き、異国人を頼る！」

ラーナシュは、光の神子のお告げを聞いた司祭である。それでもこうして復讐という血の鎖に縛られたままだ。

「叔父上！　復讐をしたいのなら、ヴァルマ家を捨てろ！」

「なっ……⁉」

ラーナシュの怒りの言葉に、ミルーダは驚きの声を上げる。

「仇を討つのは、ヴァルマ家の当主として当然のことだ！」

「違う！　ヴァルマ家は司祭の一族だ！　国王陛下と民のために儀式を行い、国王陛下と民を導くことが務めだ！　そのためには、他の司祭と話し合うことも、異国人を招くことも、必要ならばしなくてはならない！」

ラーナシュは、司祭とはどういうものかを、ミルーダに改めて突きつけた。

「司祭の一族の務めと誇りを忘れ、復讐を優先したいと言うのであれば、ヴァルマ家の名を捨てて一人で好きに復讐するといい！」

ヴァルマ家に生まれたのであれば、ヴァルマ家に誇りをもっている。

だからこそ、ミルーダは復讐を絶対にしなければならないと思ったのだろう。大事な人を殺した一族をどうしても許せなかったのだろう。

ラーナシュとミルーダの想いは同じだ。でも、方向が違う。想いが同じだからこそ、ラーナシュは苦しんでいる。

「……叔父上、この国は前よりも危ない橋を渡ることになるだろう。復讐をしたくても、している場合ではないのだ。それだけ、司祭の一族の責任は重い」

「ラーナシュ……」

「復讐を我慢するのは苦しい。悔しい。自分を許せなくなる。だが、司祭の一族であることを忘れるのも、それ以上に苦しくて悔しいはずだ」

ラーナシュは「頼む」と訴えた。

「俺は大事な人をたくさん失った。支えが必要だ。叔父上、俺と共に苦しみ、悔しいと思い、自分を許せないことに悩んでほしい」

ラーナシュにも復讐をしたいという気持ちはある。本当は「なんになる」なんて思っていない。

彼は今、自分を知ってもらう努力をしている。この努力が報われなくても、ラーナシュは誰かを責めることはしない。

(……わたしたちは、同じことをしている)

自分たちには言葉がある。歌や踊り、音楽もある。知ってもらうための方法は、何種類もある。

これからラーナシュは、みんなで幸せになりたいという気持ちを多くの人に知ってもらう努力と、多くの人の想いや願いを知る努力をするのだろう。

この国を守るために、自分の理解者がいつか現れるように、未来の叉羅国の民が苦しまなくていいように、そしてその重さに負けないように生きていくのだ。

「おっと、こんなところにいたのか」

木の幹にもたれてぼんやりしていると、ついにラーナシュに見つかってしまった。

「ええっと、偶然聞いてしまって……」

「聞かれて困る会話ではない。聞かれたらちょっと恥ずかしい会話ではあるが。よし、手を出してくれ」

ラーナシュがペサという菓子をくれる。

(……あ、ペサは二つしかもっていないと言っていたのに)

坑道にいたときのラーナシュは、茉莉花を励ますための嘘をついたのだ。

詰めの甘い優しい嘘に、笑いそうになってしまった。

「聞いての通りだ。叔父上は、復讐を一生忘れられない。二人の国王陛下も、今日は勢いに呑まれて王朝の統一や婚約に同意したが、明日になればやっぱり嫌だと言い出すかもしれない。勝手に決められた婚約に、王子と王女が反発するかもしれない。二人の間に王子が生まれないかもしれない。その王子がとんでもない愚か者かもしれない」

ラーナシュは、これから先に待ち構えているかもしれない問題を次々に挙げていく。

「いやいや、問題だらけだな。これはもう上手くいく方が奇跡だぞ」

茉莉花は、ペサをくちに入れた。甘みがじわりと広がっていく。

「ですが、ラーナシュさんは、みんなで幸せになることを一生諦めません。今日の奇跡は、貴方の心をまた燃え上がらせました。そうでしょう？」

あと数年で俺は血の重みに負ける、とラーナシュは言っていた。

でもきっと、数年後のラーナシュも、笑顔でがんばっているはずだ。

「民の中に、貴方の理解者がいたんです。アクヒット家の使用人なのに、ヴァルマ家の使用人と笑顔で踊れる少女がいるんですよ。きっと彼女以外にもいます。貴方はもう孤独ではありません」

味方がいるなら、ラーナシュは血の重みに負けない。今日のように、「復讐をしてなんになる」と叫ぶことができる。

「そうか。なら俺は、もっと幸せになるためにもっとがんばろう」

白楼国に帰れば、茉莉花はラーナシュのこの爽やかな笑顔を見られなくなってしまう。

今のうちにしっかり覚えておこう。

「マツリカはどうなんだ？　白楼国に味方はいるのか？」

「味方はたくさんいます。……恋は前途多難すぎますけれど、ラーナシュさんと同じように奇跡の可能性は残されていますから」

あははと笑えば、ラーナシュがぐっと身を乗り出してきた。

「相手はどんな男なんだ？」

ラーナシュから、茉莉花を応援しようという気持ちが伝わってくる。

しかし、事実をそのまま伝えるわけにはいかないので、真実と嘘を混ぜこんだ。

「相手の方は、複雑な事情をもつ家庭に生まれ、家を継ぐ継がないで揉めているんです」

「本人に家を継ぐ気はあるのか？」

「ないんです。でも、彼以外に跡を継げる方がまだ幼くて……」

こういう言い方をしておけば、愛人の子と本妻の子が後継者問題で揉めているんだろうと誰でも思ってくれる。

「幼い子が無事に大きくなる保証は、どこにもありません。なにかあれば、わたしの想い人は家を継がなくてはならないんです。家のためになる奥さんを迎え、子を産んでもらい、父にならなくてはならないのです」

珀陽は十年後に譲位し、それから茉莉花との関係を進めるつもりだ。

けれども、途中で皇太子になにかあれば、珀陽は皇帝であり続けなければならない。妃に子を産ませ、自分の子を新たな皇太子にするだろう。

（そうなったら、わたしは身を引こう。父となった珀陽さまを奪うことはできない）

いや、その前に、珀陽が妃と夜を過ごすようになったら、茉莉花はもう一人の人間として珀陽に接することはない。

（珀陽さまが一度もお妃さまと関係をもたなかったのは、後継ぎ問題に発展させないためでもあるけれど、お妃さまを守るためにしていることでもあるから……）

幼い皇太子の実母である淑太上皇后は、珀陽が皇帝になれるように後押しをした人だ。けれど同時に、珀陽を一番警戒している人でもあった。

――珀陽にお気に入りの妃ができたら、その妃が珀陽の子を産むかもしれない。

太上皇后に警戒された妃は、殺される可能性がある。

珀陽が後宮にほとんど興味を示さないのは、茉莉花のためではない。しかし、茉莉花にとっては救いだった。

「俺たちが手にしたい幸せな未来は、細すぎる道のその先にあるな」

「はい」

わかっていて、目指すと決めた。ラーナシュと同じだ。

「俺にできることがあればいつでも頼ってくれ。俺にできる範囲でマツリカを助けよう」

ラーナシュがぐっと拳を握る。

茉莉花は感謝の気持ちをこめて微笑んだ。

「あの、それでは遠慮なく、早速お願いしてもいいですか？」

「もちろんいいぞ！」

さぁ、こい！　とラーナシュは拳で胸を叩く。

「……ええっと、その、十年後、わたしに逢いにきて、求婚してくれませんか⁉」

ラーナシュなら、と茉莉花はすがるような気持ちで見上げる。

すると、ラーナシュは不思議そうな顔になり、首をかしげた。

「十年後なのか？」

「はい。それでわたしに断られてほしいんです」

「断られる⁉　マツリカはそれでいいのか⁉」

「はい」

ラーナシュは「よくわからん……」と混乱しつつも、覚悟を決めた。

「よし、俺は十年後、マツリカに逢いにいって求婚して断られよう！」

「ありがとうございます。……それともう一つ」

これで充分だと言う自分と、言えるだけ言ってしまえばいいと背中を押す自分がいる。

二つの自分が戦った結果、ラーナシュなら無理なときは無理だとはっきり断るはずという結論を出し、言ってしまうことにした。

「わたしは、ほしいものがあるんです。それは……」

なにがほしいのかを告げれば、ラーナシュが笑う。

「なんだ、そんなものか。いいぞ、マツリカに贈ろう」

「本当ですか⁉」

「俺はもっとすごいものを要求されると思った。マツリカは謙虚だな。いや、しかし、お前は妙な壺を買わされないように気をつけたほうがいい」

ラーナシュは茉莉花の手を取り、ぐっとひっぱった。

「戻るぞ！　今度は俺とも踊ろう！」

「はい！」

茉莉花はラーナシュと共に踊りの輪の中に戻り、また踊る。下手でも踊り慣れれば、自然と笑顔になった。

（わたしは、叉羅国で多くのものを見て、多くのものを得た）

白楼国は、王朝が統一された叉羅国の友好国になった。

宝石の加工技術の提供を約束させた。

茉莉花はラーナシュとシヴァンに恩を売れた。

そして――……。

「ジャンティ司祭、お疲れさまです」

カーンワール家の当主で、あちこちに巻きこまれて振り回された完全な被害者であるジャンティが隣にきたので、茉莉花はにっこり微笑む。

（ジャンティ司祭は、ずっと大変だったでしょうね）

そもそも光の神子のお告げなんてものは、ラーナシュもシヴァンも聞いていない。二人は聞こえたふりをして、つくられた奇跡を見せて、ジャンティに光の神子のお告げというものを信じさせただけだ。

そして、ジャンティは、今も聞こえたふりを続けている。

「……本当は、光の神子のお告げが聞こえなかったのではありませんか？」

茉莉花は、ジャンティにとって絶対に隠し通さなければならない秘密をくちにした。

すると、ジャンティは顔色を変える。

――なぜこの娘はそれを知っている⁉

明らかに動揺したジャンティに同情しながらも、茉莉花は笑顔を向けた。

「大丈夫です。他の人にこの疑惑をくちにするつもりはありません。その方がこの国も貴方も助かるでしょうから」

茉莉花から大丈夫だと言われたのに、ジャンティは不安と恐怖で手を震わせる。

「その代わり、わたしに恩を売らせてほしいのですが……」

踊り続ける茉莉花は、ジャンティと手を合わせ、お辞儀をした。

脅迫の経験は、これで三回目になる。前々回よりも前回よりも上手くいきそうだった。

# 終章

茉莉花は、国王ナガールの第一妃の王子と国王タッリムの第一妃の王女との正式な婚約発表の場に、白楼国の代表として同席した。

その次の日には、三月後に行われるという結婚式の招待状をもち、叉羅国を出発した。

茉莉花の貸し出しは、二重王朝の統一の宣言までだと決まっている。寂しい気持ちはあるけれど、ラーナシュたちと笑顔で別れた。

叉羅国は領土の一部を失ったけれど、二つの王朝がようやく一つになり、領土の奪還に向けて士気をあげている。この先は、ラーナシュやシヴァンががんばってくれるはずだ。

「こちらが結婚式の招待状になります」

月長城に帰ってきた茉莉花は、まず珀陽に会いに行った。

『同盟の交渉班の影の仕事を終えたあと、国境警備や難民支援の任務を禁軍が終わらせるまでの連絡役として残ったら、二つの王朝を一つにする声明が出され、ついでに婚約発表もあり、白楼国の代表として見届けてきた』という報告を、珀陽の従者たちが見ている前で行う。

光の山の坑道に閉じこめられた一件については、事前に天河と話し合い、珀陽以外の人の前では言わないことにしてある。あとで珀陽に報告し、明らかにできることかどうかを判断してもらおう。

「それから、ヴァルマ家のラーナシュ・ヴァルマ・アルディティナ・ノルカウス司祭から、親書を預かっております。どうしても陛下に感謝の気持ちを届けたい、とおっしゃっていました。……こちらは、陛下からお借りしていたものです。大変助かりました」

預かってきた招待状とラーナシュの親書と小さな木箱を渡せば、珀陽はにこやかに受け取った。

「何度も白楼国と叉羅国を行き来して疲れただろう。今日と明日ぐらいはゆっくり休むといい」

「ありがとうございます」

禁色の小物をもつ文官としての報告は、これで終わりだ。

茉莉花が退出の挨拶をしようとすると、その前に珀陽がくちを開く。

「ああ、そうだ。子星が君に会いたがっていた。よほど心配だったんだろうね。帰る前に顔を出してやってくれ」

珀陽がわざわざ『帰る前に』という条件をつけてきた。おそらく、珀陽からの急ぎの伝言があるのだ。それは皆に知られたくない内容だろう。

「わかりました。お気遣いありがとうございます」

茉莉花は、丁寧に頭を下げてから皇帝の執務室を出る。

とりあえず子星がいる吏部に向かうことにし、早足で歩き始めた。


珀陽は従者へ一人にしてくれと頼んだあと、叉羅国の二人の国王の名が記されている招待状を見る。三月後の結婚式に誰を行かせるかを決めなくてはならない。

禁軍は叉羅国から撤退済みだけれど、友好国という関係は続いている。官吏に行ってもらうよりも、皇族を行かせた方がいいかもしれない。

「皇太子がもう少し大きかったら、いい経験になったんだけれどね」

まだちょっと早いな、と微笑んだ。

「冬虎だと威厳がないし」

今度は困った弟だと呟く。

——こういうとき、仁耀がいてくれたら。

獄中の叔父の姿が思い浮かび、珀陽の喉がつまった。無言で招待状を卓の上に置き、深呼吸をする。

「気分転換に、ラーナシュの手紙でも読むかな」

爽やかな笑顔の印象が強い青年の手紙は、多分それなりに明るい気分にさせてくれるだろう。早速手紙を開き、あまり上手ではない白楼語の文字を読んでいく。

お決まりの挨拶と、同盟についての感謝と、そしてこれからも叉羅国をよろしくという実につまらないよくある内容だった。

「虎穴に入らずんば同盟を得ず、ねぇ。君は同盟どころか、叉羅国の未来と、二人の国王と、ヴァルマ家と、司祭のままでいられる幸せを手に入れた。やっぱり『虎児を得ず』のままでよかったと思うよ」

あ〜あ、と珀陽は呟く。

一番嬉しい展開は、今のように、二重王朝問題を解決した叉羅国と仲よくできることだ。しかし、ラーナシュが王になった新しい国ができるのも、まあまあ魅力的だったのはたしかだ。

「ちょっと覚悟をしただけでほしいものがすべて得られたなんて、強欲すぎる。やっぱり君は王さまに向いているんだけれどな」

叉羅国は問題ばかりを抱えている。しばらくは大変だろう。

（お手並み拝見、と）

いざとなったら、ラーナシュに連絡をとり、叉羅国の王になってもらうのもいいなぁ……と、ろくでもないこともちょっと考えてみた。

「うん？　もう一枚？」

白楼国との友好を祈る言葉でちょうど終わったはずの手紙が、なぜかもう一枚あった。最後の一枚を読んでみると、そこにはヴァルマ家の司祭としての言葉ではなく、ラーナシュとしての言葉が書かれている。

——皇帝殿はマツリカを気に入っていたようだから、サーラ国でのマツリカの様子をここに記しておく。

「……茉莉花の様子？」

なんだか不穏な気配がする。しかし、珀陽は好奇心に勝てず、読み進めてしまった。

——アクヒット家の下働きの姿もよかったし、着飾っていた姿も、俺が用意した白楼国風の衣装もよく似合っていた。

おそらく、ラーナシュは善意で教えてくれた。それは珀陽もわかっている。しかし、なぜか心がざわめいてしまう。

——光の山では泣きそうになっているところを慰めた。それから、婚約発表のときはたくさんの人と踊っていたぞ。上手くはないが、とても可愛かった。俺も一緒に踊った。

珀陽の頭の中がかっと熱くなり、無意識に手に力をこめてしまい……。

「うわっ！　なんですか、これは！」

子星の声で我に返ったときには、床に紙片が散らばっていた。

珀陽は肩で息をしながら、ゆっくり呼吸を整える。

「……すごくいらいらしたんだ」

「それで紙を破り捨てた、と」

やれやれ、と子星にため息をつかれた珀陽は、開き直った。

「人に当たらず物に当たったことを、褒めてほしい」

「自分で褒めてと言う人を褒める気にはなれませんよ。まさかこれ、重要な書類ではないですよね？」

子星が紙片の一つを拾う。文字が読めるので、ただの白紙ではない。

「嫌がらせの手紙だったから、捨てても問題ない。それより、なんで子星がここに？」

「意識調査の途中経過です。今はどんな噂話でも集めておくべきかと」

はい、と子星は折りたたんだ紙を珀陽に差し出した。

「……さっき、茉莉花に『子星のところに顔を出せ』と言ったんだけれど、会えた？」

「うわっ、すれ違ってしまいましたね。急いで捜してあの話をしておきます」

子星が慌てて出て行き、珀陽は折りたたまれた紙を広げる。

眼を通したあとに処分しようとし、はっとした。

「片付け、手伝ってもらえばよかった」

床に紙片が散らばったままだ。しまった、と珀陽はため息をつく。

「あ〜、もう……」

手紙だったものを拾い集め、屑籠に入れ、子星から渡された紙を墨の中に浸した。

気分が上がるどころか完全に下がりきってしまったので、少しでも仕事の再開を引き延ばしたくて、茉莉花から渡された木箱を手にとる。

「お守り代わりの帯飾りなんて、返さなくてもいいのにね」

そのままずっともち歩いてほしいと言えばよかった、と反省しながら木箱を開けると、そこには薄紅色の玉と赤色の飾り紐を組み合わせた女性ものの帯飾りが入っていた。

「え……？」

これは茉莉花の帯飾りだ。つけているところを見たことがある。

「……金剛石？」

おまけに、以前見たときにはついていなかった小さな金剛石が、帯飾りの中央できらきらと光っていた。

——自分の帯飾りを貸したのに、返ってきたものは茉莉花の帯飾りだ。しかも、魔除けの宝石である金剛石もつけられている。

珀陽は、間違えて渡してしまったのかもしれないという勘違いをするような男ではない。

茉莉花が帯飾りにこめた想いを、しっかり受け止める。

「うわぁ……」

そうきたか、と珀陽はくちもとを手で覆う。

茉莉花は、恋人になれなくても、貴方を想う気持ちや、想われている気持ちは、皆から見えないところで大事にしますと言ってくれているのだ。

「最近は贈りものを遠回しに拒否されていたから不安だったけれど……」

ご褒美になにがほしいのかを訊いても、「お菓子がいいです」と言われてばかりいた。

下心がわかりやすかったのかと悩んでいたけれど、その悩みが今回のことで吹き飛んだし、下がりきった気分が一気に上向く。

（皆の前で手を繋げるようになるまで、互いのものをお守り代わりにしてがんばろう）

まずは眼の前の仕事からだ。

珀陽は従者を呼び、次の仕事をもってくるように命じた。

茉莉花は、吏部の仕事部屋へ行く途中で、知らない先輩文官から話しかけられる。

「あっ、張本人の皓茉莉花だ」

茉莉花は足を止め、先輩文官に頭を下げた。少し警戒したけれど、近よってきた先輩文官から悪意は感じられない。

「なぁ、お前、どっち派だ？」

唐突な質問に、茉莉花は首をかしげてしまう。

「どっち派というのは……？」

なんの話なのかさっぱりわからなかった。詳しい話を聞こうとした瞬間、大きな声にさえぎられる。

「あ〜！　いた！　よかった！」

わざとらしい叫び声を放ったのは、春雪だ。

茉莉花が驚いていると、春雪が怖い顔で駆けよってきた。

「子星さまが捜していたよ。急いで、ほら、早く！」

春雪に袖を引かれたので、茉莉花は先輩文官に頭を下げる。

「すみません。これで失礼します」

話に割りこんでくるからにはよほどの急ぎの用事なのだろうと判断し、茉莉花は先輩に謝ってから春雪と共に走った。

「春雪くん？　この道、吏部の仕事部屋とは逆方向だけれど……」

「いいから！」

茉莉花は春雪に連れられ、小柄な人間しか通れない小道に入る。

春雪はきょろきょろして周囲に誰もいないことを確かめたあと、ため息をついた。

「先に事情説明だけをするよ。今、やっかいなことになっているわけ」

「やっかい……」

もしかして、珀陽から「子星のところに顔を出せ」と言われたことと関係あるのだろうか。急に不安が押しよせてきて、ぎゅっと拳を握った。

「あんたはさ、叉羅国との同盟を取りつけてきたでしょ？」

「ええっと、……うん、そうね」

あれはラーナシュが頼みこんできただけなのだが、表向きは茉莉花の判断でその話を叉羅国へもちこんだことになっている。落ち着かないけれど、そういうことにしておかなければならない。

「これからは好戦的なムラッカ国を叉羅国と一緒に抑えこめるし、シル・キタン国には勝ったし、友好関係にある赤奏国は随分と落ち着いてきた。どういう意味かわかる？」

「とても平和よね」

いいことだと茉莉花が微笑めば、春雪は「だよね」と疲れた顔になった。

「それでさ、シル・キタン国からの賠償金もあるし、今のうちに出兵して領土を増やそうって言い出している派閥があるんだよ」

「……っ、侵略戦争をするの⁉」

どうしてそんなことに、と驚いたあと、茉莉花は息を呑む。

「シル・キタン国の賠償金と……叉羅国との同盟……赤奏国……」

侵略戦争に必要な条件のすべてに深く関わってきた茉莉花は、そんなつもりではなかったと顔色を変えた。

「そうだよ。全部あんたがやったこと。白楼国の政の世界ってほとんどが皇后派だけれど、その皇后派が二つに分かれているんだ。出兵しようと言う主戦論派と、する必要はないって言う非戦論派に」

ここでようやく、『どっち派？』と先輩文官から尋ねられた意味がわかる。

「わたし、陛下へ帰国のご挨拶をしに伺ったら、子星さんに顔を出せと言われて……」

「この話を早く伝えたかったんじゃないの？　事情を知らずにうかつな発言をして、片方の味方をしたら、もう片方の派閥の人間になにをされるかわからないしね」

自分がいない間に、どうやらこの国は大変なことになっていたらしい。

（叉羅国と同盟を結んだのは、シル・キタン国からこの国を守ったのは、赤奏国の内乱を終わらせたのは、侵略戦争をしたかったからではないのに）

自分の想いとは真逆な方向へ物事が進んでいた。

これから一体どうなるのだろうか。

「あのさぁ、他人事って顔をしないでよね。どっちの派閥も、あんたを取りこみたくてうずうずしているんだから」

「……わたしを⁉」

「そう。特に主戦論派がね」

主戦論派は、茉莉花を「よくやってくれた！」と称える側だ。

非戦論派は、茉莉花に「戦争をするためにやったことではない」と言ってほしい。

「春雪くんはどっち派なの……？」

「僕はまあ、どっちでもいいかな。鉦家の判断に従うと思うけれど」

「戦争になってもいいの？」

「やるんだったら今しかないよ。ここで陛下がやるって決断して結果を出したら、陛下の発言権がより強くなるし、それならそれでいい」

珀陽は有能だけれど、皇帝としては若い。これをやりたいあれをやりたいと言っても、前例のないことに関しては、年老いた官吏たちがいい顔をせず、協力を得られないこともある。

それに、珀陽は皇后派の後押しによって皇帝になった人だ。常に皇后派の顔を立てなくてはならない。皇帝と言っても、なんでもかんでも自由にやれるわけではないのだ。

（戦争に勝てたら、陛下にできることが増える……）

戦争は時間も金もかかってしまう。けれども、今の珀陽にとっては、自分の発言権を強めるという大きな見返りがある。

「子星さまや陛下と相談して、どうするのかを決めたら？　それまでうかつなことは言わないようにね」

「……うん、ありがとう。春雪くんはとても親切ね」

茉莉花が帰ってきたことを知り、珀陽に挨拶をし終えたところを見計らい、わざわざ忠告しにきてくれた。

本当に助かったと笑顔を向ければ、春雪はなぜか驚いた顔をしている。

「別にこれは親切じゃないんだけど」

「え？　そうなの？　無意識でしてくれたのなら、春雪くんはやっぱり親切だわ」

「違うって！」

春雪は突然(とつぜん)怒(おこ)り出し、「仕事に戻(もど)る！」と叫んで走って行ってしまった。

残された茉莉花は、とりあえず子星のところへ行くために、春雪と同じ方向へ歩いていく。

「春雪くん、わたしと一緒に行くのが恥(は)ずかしかったのかしら」

男の子には、女性と行動を共にすることを恥ずかしく思う時期があるのだと、かつて近所のおばさんから聞いたことがあった。茉莉花はきっとそれだろうと納得(なっとく)する。

「あっ！　いた！　茉莉花さん！　ちょっと話が！」

「騒ぐな。茉莉花さん、お久しぶりです」

　誰にも会わないように移動するつもりだったけれど、すぐに賑やかな二人組から声をかけられ、茉莉花は力なく笑った。

「お久しぶりです。大虎さんも翔景さんもお元気そうでよかったです」

　茉莉花が挨拶をすると、大虎が茉莉花の手を握り、声を小さくする。

「あのね、今、この国が大変なことになっていて……」

「はい。その話ならもう聞いたので大丈夫ですよ。わざわざありがとうございます」

　心配して駆けつけてくれた大虎と翔景に礼を言うと、二人は驚いた。

「親友の僕より早く駆けつけた人がいたの⁉」

「ええっと、大虎さんは親友ではなくてお友だちですね」

「親友の私が後れを取るとは……」

「あの、翔景さんも親友ではなくてお友だちですね」

　訂正をしっかり入れたあと、茉莉花は急いで二人から離れる。今はとにかく、目立つようなことは避けたい。

（……わたしは、どうしよう）

　頭の中に白くて大きな紙を用意する。

　これまで自分がやってきたことを点にして、点と点を繋いで道をつくると、一つの答えが勝手に出てきた。

——戦争をする準備ができた、と。

終

# あとがき

　こんにちは、石田リンネです。

　この度は『茉莉花官吏伝 九　虎穴に入らずんば同盟を得ず』を手に取っていただき、本当にありがとうございます。

　九巻は、茉莉花が頑張りつつも、皇帝としての珀陽の姿や、他のキャラの日常風景にも少し触れることができた盛りだくさんの話になりました。

　茉莉花にはまた新しい試練が待っていますが、茉莉花の仕事と恋をどうか温かく見守っていただけると嬉しいです。

　コミカライズに関するお知らせです。秋田書店様の『月刊プリンセス』にて連載中の高瀬わか先生によるコミカライズ版『茉莉花官吏伝 ～後宮女官、気まぐれ皇帝に見初められ～』の第三巻が、二〇二〇年十一月十六日に発売します。

　そして、莉杏と暁月が主役の『十三歳の誕生日、皇后になりました。』の最新刊となる第四巻、青井みと先生によるコミカライズ版の第一巻も（ほぼ）同時刊行しております。

二つの小説と共に、素敵な二つのコミカライズもよろしくお願いします。

素敵な特典等もありますので、公式サイトの確認もぜひしてみてください！


この作品を刊行するにあたってお世話になった方々にお礼を申し上げます。

ご指導くださった担当様、イラストを描いてくださったIzumi先生（茉莉花の衣装チェンジ、いつも素敵すぎます！）、コミカライズを担当してくださっている高瀬わか先生、当作品に関わってくださった多くの皆様、手紙やメール、ツイッター等にて温かい言葉をくださった方々、突然の相談に乗ってくれた友人のみんな、いつも本当にありがとうございます。これからもよろしくお願いします。

最後に、この本を読んでくださった皆様へ。

読み終えたときに少しでも面白かったと思えるような物語であることを祈っております。

また次の巻でお会いできたら嬉しいです。

石田リンネ

■ご意見、ご感想をお寄せください。
《ファンレターの宛先》
〒102-8177 東京都千代田区富士見 2-13-3
株式会社KADOKAWA ビーズログ文庫編集部
石田リンネ 先生・Izumi 先生

B's-LOG BUNKO
ビーズログ文庫

●お問い合わせ
https://www.kadokawa.co.jp/（「お問い合わせ」へお進みください）
※内容によっては、お答えできない場合があります。
※サポートは日本国内のみとさせていただきます。
※Japanese text only

# 茉莉花官吏伝 九

## 虎穴に入らずんば同盟を得ず

石田リンネ

2020年11月15日 初版発行
2022年10月25日 3版発行

発行者　青柳昌行
発行　株式会社 KADOKAWA
〒102-8177 東京都千代田区富士見 2-13-3
（ナビダイヤル）0570-002-301
デザイン　島田絵里子
印刷所　株式会社KADOKAWA
製本所　株式会社KADOKAWA



ISBN978-4-04-736407-3 C0193


定価はカバーに表示してあります